디지털 시대의 새로운 문예학

텍스트, 하이퍼텍스트, 하이퍼미디어

위대한
순간
007

디지털 시대의 새로운 문예학

텍스트, 하이퍼텍스트, 하이퍼미디어

유현주 지음

문학동네

'위대한 순간' 총서를 펴내며

'위대한 순간'은 문학동네와 연세대학교 인문학연구원이 함께 펴내는 새로운 인문교양 총서다. 이 총서는 문학, 역사, 철학 분야에서 중요한 이정표가 되는 인물이나 사건을 현재적 관점에서 새롭게 조명해보자는 취지에서 출발했다. '지금 여기'의 생동하는 삶에 지혜가 되지 못하는 지식은 공허하다. 우리는 한 사회의 개인이나 사건의 특수성이 역사와 맞물려 보편성을 획득하는 의미 있는 정점을 '위대한 순간'이라 명하고, 그것이 과거의 유산에 머물지 않고 지금까지도 지대한 영향을 미치면서 여전히 '위대한 순간'으로 남을 수밖에 없는 이유를 면밀히 추적하고자 한다. 이를 통해 과거의 빛나던 순간들의 의미를 독자들과 함께 음미하고, 다가올 시간을 위대한 순간으로 빚을 수 있는 인문정신의 토양을 일구고자 한다.

오늘날 인문학은 스스로 자신의 존재이유를 입증하지 않는 한 도태와 쇠퇴로부터 자유로울 수 없다. 한국사회에 비판적 '교양'이 설 자리를 마련하고 이를 통해 인간다움을 복원시킬 문화적 자양분을 제공하지 않는다면 인문학뿐 아니라 우리의 사회 또한 척박한 내일과 조우하게 될 것이다. '위대한 순간'은 우리 모두가 이러한 위기를 슬기롭게 극복할 수 있도록 '즐거운 학문'의 장을 열고자 한다. 상아탑에 갇힌 학문이 모두를 이롭게 하는 복음이 될 때 '즐거운' 학문이 될 수 있다는 판단하에 전문성과 대중성의 조화로운 통합을 시도했다. 또한 연세대학교 인문학연구원의 풍부한 연구진과 국내 학계의 훌륭한 저자들을 두루 포섭하여 주제를 다양화하고 내용의 폭을 넓혔다.

인문학의 기초를 다지고 싶은 이들, 인문학에 관심은 있으나 입구를 찾지 못한 사람들에게 '위대한 순간'은 좋은 길잡이가 될 것이다. 각기 다른 위대한 순간들을 한 순간씩 맛보다 보면 어느 순간 인문학을 아는 것에서 한 걸음 더 나아가 인문학을 실천하는 자신을 발견하게 되리라 믿는다. '위대한 순간'들을 탐사하는 이 지적 여행에 많은 독자들이 함께하기를.

연세대학교 인문학연구원

차 례

000. 프롤로그: 디지털 문학의 짧은 역사

"현명한 작품은 지혜를 요구하고

완성된 작품은 틈을 보이고

오래 지속되는 작품은 끊임없이 무너진다."

—브레히트, 「오래 지속되는 작품의 구조에 관하여」(1929)

디지털 매체의 부상과 함께 한때 주목받았던 네트워크상의 다양한 문학 실험에 관한 토론은 최근에는 그다지 활발하지 않아 보인다. 디지털 문학은 급격한 등장만큼이나 빠른 속도로 언론의 관심이나 학술대회 목록에서 사라져버렸다. 과도한 칭찬에 이어 추락도 가팔랐던 것이다. 그 결과, 디지털 문학은 많은 이에게 여전히 생소한 것으로 남았다.

디지털 문학의 위대한 순간은 언제였을까. 1990년대 초 하이퍼픽션Hyperfiction이 "미래의 문학"이라는 이름으로 『뉴욕타임스』 문예란에 화려하게 소개되었을 때일까? 아니면 1990년대 중반 유럽에서, 「유토피아로서의 하이퍼텍스트」라는 글과 함께 문학뿐 아니라 예술 전반, 아니 사회 전체의 새로운 변화를 견인할 새로운 프레임으로 드높이 칭송되었을 때일까? 아니면 그보다 더 이전, 인간의 연상을 닮은 새로운 기술적 텍스트를 꿈꾸던 몽상가들이 실험실에서 최초로 링크된 텍스트를 실현했던 감격스러운 순간일까?

디지털 문학의 짧은 역사에도 보석처럼 반짝이는 무수한 순간이 있었지만, 어쩌면 디지털 문학의 가장 위대한 순간은 아직 도래하지 않았을 수도 있다. 소문만 무성했던 디지털 문학은 잔뜩 부풀려진 이론적 기대를 충족하는 결과물을 보여준 적이 아직 없다. 그보다 더 중요한 점은 1990년대 이래로 많은 시행착오를 겪으며 다양한 시도가 지속되고 있다는 사실이며, 또한 이에 대한 비평과 관찰도 여전히 진행중이라는 것이다. 따라서 이 글은 회고록이나 후일담의 성격을 띠지 않으며, 국내에서는 여전히 창작과 비평 모두에서 미진한 디지털 문학의 가장 현재적인 논의를 보여주고자 한다.

특히 지금까지 국내에서는 디지털 문학에 대한 관심이 특정 장르와 결부되어 단편적으로 소개되거나, 후기구조주의 담론과 함께 추상적으로만 논의된 경향이 있다. 디지털 문학이 종이책 문학과 다른 특징은 어떠하며, 여기에서 파생되는 근본적인 미학적 변화는 무엇인지 구체적으로 언급되지 않았다. 이것은 새로운 매체와 관련된 모든 인문학 분야에 공통된 현상이기도 하다. 최근 소셜 네트워크의 부상으로 고조된 새로운 매체에 대한 전 사회적 관심은 여전히 기술과 활용 측면에만 집중되어 있으며, 진지한 이론적 성찰은 1990년대 이래로 여전히 답보 상태에 머물러 있다. 더구나 1980년대 후반 전자 네트워크 출현 직후 나왔던 낙관적 기대('캘리포니아 이데올로기')[1]가 반영된 북미의 매체이론이 2010년 이후에도 시간차를 고려하지 않고 다시금 등장하고 있어, 그 이후에 꾸준히 전개된 비판적 논의에 대한 체계적 정리도 시급하다. 이러한 필요성에 따라 이 책은 디지털 문학의 출현에서부터 지금까지 변화해온 논쟁들을 미학적 관심사의 이동에 따라 생생하게 재구성하며, 이를 바탕으로 디지털 문학이 걸어온 길과 걸어갈 길을 살펴본다.

디지털 문학이란

디지털 문학은 단순히 '디지털화된 문학'이 아니며, 생산과 재현, 수용 조건이 디지털 매체를 떠나서는 가능하지 않은 문학을 말한다. 간단히 구분하자면, 종이에 다시 인쇄될 수 없는 문학이다. 이러한 문학을 실현하기 위해서는 무엇보다도 하이퍼텍스트 혹은 하이퍼미디어라는 기술적 프레임이 전제조건이 되어야 하는데, 바로 이 기술적 조건을 중심으로 실천과 이론에서 디지털 문학이 걸어온 시기를 구분할 수 있다.

제1기: 하이퍼픽션과 상호텍스트성

제1기는 1980년대 후반에서 1990년대 중반까지로, 새로운 매체에 따른 첫번째 문학 실험이 매우 상기된 어조로 보고되던 시기다. 이때 "책의 죽음"[2]이 선포되었고, 우리 모두는 "구텐베르크 은하계의 끝"[3]을 함께 목도하는 관찰자라고 선언되었다. 이 시기의 대표적 디지털 문학형식은 단연 하이퍼픽션이다. 한때 '미래의 문학'이라 불린 하이퍼픽션은 완결된 단편소설 형식으로, 하이퍼텍스트의 링크 기능을 사용하여 서사에 여러 갈래를 둔 구조를 가지고 있었다. 기존 소설이 단 하나의 줄거리로 이어지는 선형적 구조로 되어 있다면, 하이퍼픽션은 하나의 매듭에서 복수의 결론으로 뻗어나가는 '다선형성'을 보인다. 내용 면에서는 사실 크게 흥미로울 것은 없었던 마이클 조이스의 첫번째 하이퍼픽션 『오후, 이야기Afternoon, a story』는 몇 개의 링크를 주고 클릭하게 함으로써, 독자에게 이야기의 향방에 대한 선택권을 주었다는 이유만으로 드높이 칭송되었다. 독자가 링크를 선택하여 이야기의 줄거리가 바뀐다는 사실은 독자가 저자가 되는 경험과 동일시되었으며, 더 나아가 '수용자의 생산자적 전환'이 이야기되었고, 마침내 후기구조주의에서 이미 선언한 '저자의 죽음'이 다시금 회자되었다. 국내에도 (사실은 이미 하이퍼픽션의 전성기가 지나간) 1990년대 후반부터 하이퍼픽션이 미래의 문학형식으로 긍정적인 면만 부각되어 우후죽순처럼 소개되었다.

이 시기 디지털 문학에 대해 이루어진 미학 논의는 주로 상호텍스트성Intertextuality과 관련된 것이다. 하이퍼텍스트의 링크 기능은 이론적으로는 끝없이 이어지는 텍스트의 행렬을 가능하게 했으며, 이것은 마치 지금까지 문예학에서 이야기된, 눈에 보이지 않던 '가상'의 상호텍스트성이 기술의 도움을 받아 '현실'로 나타난 것만 같았다. 그러나 책의 상호텍스트성이 독자의 자유로운 상상력을 기반으로 계속 이어지는 것이었다면, 하이퍼픽션의 링크는 독자와 관계없이 언제나 원저자에 의해 그 자리에 놓여 있을 뿐이라는 비판적 지적이 뒤따랐다. 독자는 결코 저자가 마련한 경우의 수 이상을 경험하거나 만들어낼 수 없었던 것이다.[4] 과도한 이론적 기대와 여기에 미치지 못하는 실천적 지평은 곧 창작과 비평 양면에서 실망을 낳았다. 그렇지만 하이퍼픽션의 짧은 전성기를 끝내버린 것은 무엇보다 당시 빠르게 진행된 전자 네트워크의 멀티미디어화였다. 하이퍼픽션은 어디까지나 그 본질이 산문 장르였던 것이다. 결국 네트워크 참여자의 폭발적 증가에도 불구하고 디지털 문학은 넓은 독자층을 확보하지 못했고, 하이퍼픽션은 전자 네트워크 생성기에 등장한 하나의 과도적 현상으로 남았다.

제2기: 공동창작 프로젝트와 상호작용성

제2기는 1990년대 후반에서 2000년대 중반까지다. 하나의 노드에서 여러 갈래로 뻗어나가는 하이퍼텍스트의 링크 기능에 이어 모두에게 주목받은 하이퍼텍스트의 새로운 기능은 바로 링크를 통한 소통능력이었다. 인쇄물이 가진 정보의 일방적 흐름과 달리 즉각적 상호작용이 가능한 디지털 매체의 놀라운 특징은 이러한 기술에 기반을 둔 문학작품에도 다양한 형태로 반영되리라는 기대를 가지게 했다. 바로 상호작용성Interactivity이 이때의 키워드이다. 디지털 문학의 상호작용성에 대한 논의에서는 수용자의 활성화를 통한 직접적 참여, 즉 단순히 이야기의 전개방향을 정하는 선택보다 훨씬 더 높은 수위의 참여행위인 '직접 쓰기'가 논의의 핵심이 되었다.

이 시기 하이퍼픽션을 대신하여 디지털 문학의 총아로 떠오른 것은 공동창작Mitschreibprojekt이라는 네트워크 프로젝트였다. 데이터의 전자적 저장 가능성과, 당시 문예학을 포괄한 문화학 전체의 화두였던 '문화적 기억'이란 주제를 결합한 공동창작 프로젝트는, 하이퍼텍스트 시스템을 통해 수용자가 실시간 상호작용하는 문학 커뮤니케이션의 새로운 가능성을 보여주었다. 또한 누구에게나 자신이 쓴 글이 시스템의 일부가 되는 체험을 제공하고, 누구나 가상의 무대에서 직접 실행할 수 있는 '독서'와 '글쓰기' 형식은 당시 대두된 '수행성으로의 전환' 담론이나 '체험사회' 이론과 같은 맥락에서 폭넓게 논의될 수 있었다. 2000년대 초반은 직접 행동하고 참여하는 것이 문화적으로 가장 선호된 시기였던 것이다. 그렇지만 문예학자와 사회학자의 많은 주목을 받았던 이 프로젝트들은 흥미로운 주제와 세련된 기술에 상응하는 충실한 내용을 담지 못했다는 치명적 약점을 가지고 있었다. 열린 구조의 기고문들이 보여준 질적 수준은 기대에 미치지 못했던 것이다. 결국 '읽을거리'가 많지 않은 프로젝트는 책 문화에서와 마찬가지로 독자의 외면을 받았다. 방문자 수의 전반적인 감소로 2000년대 중반 이후 열린 형태의 대형 공동창작 프로젝트는 더이상 시도되지 못했다.

또한 이 기간 내내 새로운 미학을 이야기할 때 만능 해법처럼 여겨지던 상호작용성 자체에도 비판이 일기 시작한다. 여기서 제기된 질문은 '우리가 정말 언제나 그렇게 능동적이고 싶은 것일까?'라는 것이다. 초기 디지털 문화에서 칭송된 것처럼, 게으른 TV 수용자의 반대편에 위치한 전자 네트워크의 스마트한 사용자들은 ('네비게이터' '익스플로러'와 같은 초창기 웹브라우저의 명칭이 말해주듯이) 이상적인 모습으로만, 즉 자기 주도적으로 매체를 사용하는, 언제나 참여 지향적이고 적극적인 모습으로만 상정되었다. 그러나 하이퍼픽션이나 네트워크 프로젝트에서 끊임없이 만나야 하는 선택이나 기입의 요구는 실제로는 참여자를 쉽게 지치게 하고, 더이상의 진행 욕구를 사라지게 만들었다는 것이 현실에 더 가깝다. 마침내 문화인류학적 입장에서 인류는 항상 능동적으로 대처해야 하는 매체를 선호하지 않는다는 주장까지 제기되었다. 이제 우리는 디지털 문학 전반에 대해서 다시 판을 짜야 하는 시기에 이른 것이다. 초기 디지털 문화의 장밋빛 담론에서 즐겨 이야기된, 하이퍼텍스트가 구현해준다던 '저자의 죽음'도, '독자의 작가 전환'도 실제로는 일어나지 않았으며, 이를 극복하기 위해 독자에게 보다 많은 참여 기회를 주는 방안조차 실패한 것으로 보였다.

제3기: 디지털 포엠과 상호매체성

제3기는 2000년대 중후반에서 지금까지로 분류할 수 있다. 수많은 오해와 환상이 제거되었지만, 여전히 우리는 우리 시대 가장 강력한 매체이며 우리에게는 알 수 없는 블랙박스인 전자 네트워크를 마주하고 있다. 이 시기의 가장 큰 특성은 다시 한번 매체의 플랫폼이 전반적인 변화를 겪고 있다는 점이다. 인터넷 접속의 가장 큰 통로였던 퍼스널 컴퓨터와 웹이 후퇴하고, 보다 소형화된 모바일 커뮤니케이션 기기들이 이동성과 편리성을 전면에 내세우며 약진하고 있다.[5] 인간과 기계가 만나는 인터페이스인 화면은 이전보다 더 작아졌으며, 디지털 문학 실험도 이러한 달라진 매체환경에 적응해야 하는 새로운 국면을 맞이하게 되었다. 더구나 디지털 문학은 이제 완전히 '신생' 장르가 아니며, 지난 이십 년간 '실패'한 경험을 나름의 자산으로 가지게 되었다. 시스템 그 자체로는 초기 '몽상가'들이 꿈꾸던 '텍스트의 우주'나 '열린 구조'는 생성되지 않는다는 뼈아픈 경험을 바탕으로, 기계적인 상호텍스트성이 문학과 예술에 창조적 순간들을 대신해줄 것이라던가, 무조건적 상호작용성이 참여자의 즐거움을 보장하며 작품의 미학적 가치도 제고할 것이라는 기대는 적어도 하지 않게 되었다.(우리가 지금까지의 짧은 역사로부터 무언가를 배웠다면, 그럴 것이라고 믿는다.) 이제 인터넷을 지칭할 때 '끝없는 텍스트의 연쇄'라는 은유도 더이상 쓰지 않는다. 네트워크로 연결된 가상세계는 오래전에 이미지와 동영상의 물결로 뒤덮였고, 디지털 문학도 예외가 아니어서, 이 시기 등장하는 작품들은 디지털 문학의 상위 개념인 '디지털 예술'에 더 가까이 수렴되고 있다.[6] 이제는 디지털 문학을 이야기할 때 언제나 디지털 예술과 관련지어야 하는 시대가 되었다. 또한 우선적으로 링크로 연결된 텍스트를 연상시키는 '하이퍼텍스트'라는 용어보다는, 동일한 기술적 프레임이면서도 다매체성이 강조되는 '하이퍼미디어'가 디지털 예술을 규정하는 기술조건으로 더 빈번히 등장하고 있다. 이때의 키워드는 한 작품 안에서 서로 다른 매체가 융합하고 분열하며 경쟁하는 상호매체성Intermediality이다.

디지털 문학의 여러 형식은 하이브리드화Hybridisierung되어 분화 중이지만, 아마도 가장 유력한 문학 장르로 디지털 포엠Digital Poem을 지목할 수 있을 것이다. 디지털 포엠은 전람회나 인터넷 문학상, 문학 페스티벌에 여전히 자주 등장하면서, 사라져가는 다른 디지털 문학 장르와 대비되는, 꾸준한 인기를 증명하고 있다. 디지털 포엠은 하이퍼픽션이나 공동창작 프로젝트에서 흔히 보았던 '선택 가능성'이나 '적극적인 참여를 통한 독자의 능동성'을 강조하지 않는다. 그보다는 독자에게 하이퍼미디어로 구현할 수 있는 가장 현재적인 미학을 실험적 기법으로 보여주는 데 주력하고 있다. 독자는 작품을 '즐기는' 것이며, 여기에 상호작용적 요소가 포함되어 있다 할지라도, 이것은 순수하게 유희의 성격이지 '생산'이나 '창작'의 성격을 가지지 않는다. 작품의 수용방식도 이와 함께 그 중점이 이동되고 있다. 이전 하이퍼픽션이나 공동창작 프로젝트가 주로 퍼스널 컴퓨터를 마주하고 앉아, '선택하고' '읽고' '쓰는' 행동을 통해 수용되었다면, 이제 디지털 포엠의 무대는 전시장이나 연극무대, 도심의 건물 외벽 등으로 훨씬 더 확장되었으며, 독자의 행동범위도 작품과 몸으로 상호작용하며 훨씬 더 넓어졌다.

디지털 포엠이 점점 더 각광받는 배경에는, 우선 아직 지금의 수용자 세대에게—그리고 아마도 앞으로 얼마간은—그것이 퍼스널 컴퓨터나 모바일 커뮤니케이션 기기이든, 혹은 전시장의 스크린이나 도시의 외벽이든, 이러한 환경에서 산문보다는 운문이 수용하기에 더 용이하다는 사실이 있다. 그리고 여기에 더해, 예술사적 측면에서 보자면 디지털 포엠이 스스로를 '아방가르드적 모던의 계승자'로 칭하며 전통미학과의 연계성을 강조한 것이 유력하게 작용했다고 볼 수 있다. 전통미학과 단절을 선언한 하이퍼픽션과 공동창작 프로젝트가 그 광채를 잃어가기 시작하면서, 디지털 포엠이 예술사에서 선취되었던 창조적 실험들을 계승하는 후예라는 점은 더욱 부각되고 있다. 기술적 매체는 한 세기 전이나 지금이나 낯설고 이상한 것이지만, 동시에 창조적인 무언가를 실행하고자 하는 예술가에게는 새로운 가능성이 숨어 있는 신기한 놀이터도 되어준다.

매체의 생산자 vs 수용자

하이퍼텍스트/하이퍼미디어에 기반을 둔 문학에서 드러나는 이러한 미학적 특징들은 하이퍼미디어를 기반으로 하는 여타 사회적, 예술적 현상에도 적용될 수 있다. 특히 현재 소셜 네트워크와 관련하여 팽배한 기술 낙관적 측면에 보다 비판적으로 성찰할 수 있는 가능성을 준다. 디지털 문학의 발전 경향을 관찰해 보면, 작품을 형성하는 프로그래밍이 고도화될수록, 작품 수용 형태가 점점 더 외부의 영향에 좌우된다는 점을 쉽게 발견할 수 있다. 이것은 소비자가 쌍방향 테크놀로지를 통해 쉽게 생산자로 바뀔 수 있다는 관점을 정면으로 반박하는 결과로, 디지털 문학에서 작가의 권력은 오히려 어느 때보다 강화되고 있다는 점에서 증명된다. 작가는 이제 프로그래머로서, 혹은 프로젝트의 지휘자로서 독자의 연상에까지 영향을 미치는 존재가 되었다. 인간과 기계, 혹은 생산자와 수용자가 서로 가까워지는 것을 목표로 한 테크놀로지의 발달은 매체의 표면 위에서만 그러할 뿐, 그 뒤에 놓인 기술적 간격은 한없이 커지고 있는 것이다.[7] 마지막 단계에서 우리는 한없이 친절하게 아이콘으로 모든 것을 설명해주는 사용자 친화적 환경 이면에 있는, 극단적인 양극화로 나뉜 세계를 본다. 표면 아래 코드에 접근이 허용된 소수 집단과 표면 위에만 머무는 평범한 다수의 사용자로 말이다.

이것은 최근 각광받고 있는 소셜 네트워크의 구조에도 그대로 적용될 수 있다. 페이스북이나 트위터, 인스타그램의 적극적인 참여자는 과연 1인 미디어를 실현하는 창조적 생산자인가, 아니면 상업적으로 완성된 프로그램의 단순한 소비자일 뿐인가? 디지털 문학 발전사에서 도출된 여러 인식은 첨단 테크놀로지의 이용을 보다 근본적으로 숙고하도록 도와줄 것이다.

001. 매체 전환기의 문학: 디지털 문학과 하이퍼텍스트

20

텍스트,
하이퍼텍스트,
하이퍼미디어

매체 전환

1990년대 초반부터 지금까지, 우리 사회의 모든 영역에서 동시에 진행되는 가장 거대한 현상은 다름 아닌 '매체 전환Medienwechsel'이다. 책에서 인터넷으로, 아날로그 기술에서 디지털 매체로, 문자 혹은 텍스트에서 디지털 이미지로, 전환은 쉼 없이 전진중이다. 중심이 되는 플랫폼도 책상 위 퍼스널 컴퓨터에서 무릎 위 랩톱을 거쳐, 이제 우리 손 안으로 쏙 들어온 모바일 기기들로 계속 진화를 거듭하고 있다. 우리 시대는 바야흐로 수없이 많은 애플리케이션과 쉴새없이 알림음을 보내오는 소셜 네트워크의 전성기인 것이다. 그러나 이러한 매체 전환에 대한 우리 사회의 관심은 여전히 기술과 활용에만 집중되어 있으며, 빠르게 진행되는 테크놀로지의 물질적 발전과 이에 대한 정신적 성찰의 불균형은 점차 심해지고 있다.

문학 영역도 예외는 아니어서, 우리는 이전의 책 문화와 전혀 다른 새로운 창작과 수용의 조건에 직면하고 있으며, 기성 문단에서도 많은 작품의 형식과 내용에 매체 전환에 대한 충격이 각인되어 있음을 쉽게 관찰할 수 있다. 이것은 꼭 한 세기 전, 영화나 축음기, 타자기와 같은 기술적 저장매체들이 처음 등장했을 당시, 작가들이 그 충격에 대해 서술하고, 형식적으로도 영향을 받았던 일들을 연상시킨다.[8] 보다 적극적으로는 디지털 매체의 특성을 활용한 문학 실험들이 꾸준히 등장하고 있는데, 이러한 실험은 디지털 매체가 가진 저장방식과 재현방식, 아니면 상호접속이라는 전달방식을 이용하여 지금까지 종이책으로 구현할 수 없었던 여러 '효과들'로 표현된다. 이러한 '효과들'을 종합해보면, 링크를 통해 텍스트가 연결되는 '상호텍스트성', 텍스트와 독자, 혹은 독자와 독자가 텍스트를 통해 상호 소통하는 '상호작용성', 그리고 서로 다른 매체가 한 작품 속에서 혼합하거나 경쟁하는 '상호매체성'이라는 용어로 수렴될 수 있다. 최근 상호매체성에 대한 관심이 예술학과 미학에서 어느 정도 높아지기는 했지만, 디지털 매체 자체와 마찬가지로 매체 전환이 가져온 새로운 미학에 대한 관심은 학계에서도 매우 낮은 편에 속한다.

흥미로운 것은, 서구의 경우를 보더라도, 지금보다도 오히려 1980년대 후반에서 1990년대 후반까지 이러한 효과들에 대한 논의가 더 활발하게 진행되었다는 점이다. '디지털 문학'이라고 총칭된 문학 실험들에 대한 토론은, 특히 '하이퍼텍스트'라는 당시로서는 새로운 도구에 대한 토론을 중심으로 진행되었다. 아마도 문학 영역에서 디지털 매체의 등장과 그 변화에 가장 관심이 많았던 시기가 이때였으리라고 생각한다. 당시 적지 않은 학자들이 '책의 죽음'과 '하이퍼텍스트로의 시대적 전환'을 이야기했다. 그러나 20년 후 미래에 살고 있는 지금의 우리가 쉽게 확인할 수 있듯이, 책은 끈질기게 살아남았다. 책의 놀라운 건재와 달리 당시에 '미래의 문학형식'으로 칭송받은 하이퍼픽션은 아이러니하게도 현재 명맥이 끊긴 상태다. 또한 지금 디지털 매체에서 관찰되는 '문학' 실험들은 다른 장르와 혼합되어, 순수하게 '문학' 프로젝트로 불릴 만한 것은 그렇게 많지 않은 것도 사실이다. 그렇다면, 지금 다시 하이퍼텍스트를 둘러싸고 뜨겁게 벌어졌던 예전 토론들을 살펴보고, 현재까지 이어지는 논의 전개 과정을 재구성하는 것이 우리에게 무슨 의미가 있을까?

하이퍼텍스트 문학 운동

'하이퍼텍스트 문학 운동'은 독일을 중심으로 한 서유럽권 문화에서 1990년대 초반부터 약 10년 동안 지속되었다. 컴퓨터라는 새로운 일상매체가 구현한 전자 텍스트, 링크라는 매듭을 통해 서로서로 연결되는 이 전자 텍스트는 마치 낭만주의 시대가 목표로 삼았던 '끝이 없는 책das unendliche Buch'을 연상시켰으며, 문학의 오래된 염원을 전자매체로 대표되는 기술이 실현했다는 점에서 많은 이론가들을 고무시켰다. 이 하이퍼텍스트를 활용한 대표적 문학 장르가 바로 하이퍼픽션이다. 1987년 미국에서 마이클 조이스의 『오후, 이야기』가 첫 하이퍼픽션으로 시디롬에 담겨 선보인 이후로, 텍스트 안에 하나 이상의 링크를 제공하고, 독자로 하여금 이야기의 진행방향을 선택하게 하는 형식을 기본 골자로 하여 하이퍼픽션은 다양하게 변화를 시도해나갔다.

1990년대에 독일에서는 유력 언론사 『디 차이트Die Zeit』와 컴퓨터회사 IBM이 공동 주최한 하이퍼텍스트 문학 대회가 세 차례 열렸다. 이 대회를 계기로 이미 문단에서 활동중인 젊은 작가들이 하이퍼픽션의 세계로 진입하는 경우도 다수 발생했으며, 이 대회의 몇몇 수상 작품은 많은 스포트라이트를 받았다. 이제 종이책에서 보던 선형적인 문학은 옛 모델이 되어버린 듯했고, 독자가 스스로 이야기의 향방을 결정하며 텍스트를 읽어나가는 것 외에도 전자매체가 주는 다양한 효과를 누릴 수 있는 하이퍼픽션의 무궁무진한 가능성이 연일 칭송받았다. 「유토피아로서의 하이퍼텍스트」[9]와 같은 에세이도 바로 이때 출현했다. 이러한 종류의 전망들은, 마치 문학작품 속 작가의 권위가 하이퍼픽션이 제공하는 독자의 선택 가능성 안에서 해체되듯이, 사회 각 부분에서 굳어진 모든 낡은 것도 하이퍼텍스트의 탈위계적 구조 속에서 용해될 수 있다는, 디지털 매체에 대한 지나치게 낙관적인 견해를 담고 있었다.

아마도 기대가 너무 컸던 것이 문제였을 것이다. 하이퍼텍스트에 대한 기대가 그리 크지 않았더라면, 역사 속에서 늘 그러했듯이, 신생 장르는 차근차근 기존 매체가 구현하는 미학의 모방으로부터 출발하여, 자신만의 미학을 발전시킬 기회를 가졌을지도 모른다. 하이퍼텍스트의 다선형성이라는 구조적 특징으로부터 단번에 무언가를 실현할 수 있을 것이라는 기대, 특히 수용자가 생산자로 전환할 수 있을 것이라는 기대는 실천적 지평에서 이를 실현하지 못하면서 곧 비판으로 바뀌었다. 하이퍼텍스트의 독자 혹은 방문자는 원저자가 만든 표면 위에만 머무를 뿐, 텍스트 자체에는 아무런 영향도 미치지 못한다는 사실은 비단 하이퍼텍스트로 이루어진 문학에만 해당되는 것은 아니었다. 월드와이드웹이 대중화되면서 모든 이를 가상공간 서핑으로 초대한 전자 네트워크는 열린 구조가 아닌 닫힌 구조를 기반으로 구축되었으며, 대중화된 인터넷은 매우 제한된 부분에서만 방문자의 참여나 변형을 허락했다. 이에 더하여 새로운 도구로 창작된 실제 작품이 보여준 내용적 빈약함도 이 신생 장르가 독자층을 확보하는 데 걸림돌이 되었다.

결국 짧은 시기 전성기를 누린 이 운동의 위대한 순간과 그후의 극적인 추락을 살펴보는 일은 현재 우리 시대에서 디지털 매체와 함께 시도되는 다양한 실험의 미학적 한계를 가늠하고 새로운 가능성을 타진하는 작업에 매우 시사적이다. 특히 한때 '문학의 미래'였던 하이퍼텍스트에 대한 열광이 한차례 지나가버린 상황은, 디지털과 관련된 모든 것에 대하여 기술적 낙관에서 벗어나 한층 차분해진 자세로 성숙한 토론의 장을 열도록 도와준다. 초반의 희망적 전망이 디지털 문학이라는 새로운 현상에 관심을 돌리고 이를 학문적 연구 대상으로 삼도록 만들었다면, 이후의 집중된 비판들은 새로운 기술적 신화들이 일으킨 오해로부터 벗어나 대상에 대한 거리를 획득할 수 있도록 도와주었다.

이후에 디지털 문학을 바라보는 시선은 적어도 무조건적 열광을 피하고, 또 이전 미학과는 무조건 다른 무언가를 요구하거나 찾아내려 하지 않는다는 점에서 하이퍼텍스트 운동은 의미가 있다.

'새로운 매체에 대한 열광'이라는 패턴

새로운 매체에 대한 열광을 조금 더 설명할 필요가 있다. 모든 매체가 등장할 때마다 언제나 존재한 것이 있다면, 이유 없는 거부와 마찬가지로 근거 없는 열광이라고 할 수 있다. 새 매체는 야누스의 머리처럼 서로 다른 방향을 향한 '열광'과 '거부'를 늘 거느리고 등장한 것이다.[10] 한 세기 전 기술매체가 처음 등장한 시기에 그랬던 것처럼, 아니 더 거슬러올라가 인류 최초의 정보 저장 매체였던 '문자'의 등장에도 열광과 거부는 공존했다.[11] 우리가 얼마 전 지나온 1990년대는 새로 등장한 디지털 매체, 더 정확히는 가장 대중적인 인터페이스였던 인터넷에 대한 기대감이 계속 상승하던 시기였다. 그중에서도 미국 서부 해안가 지식인들을 중심으로 신자유주의와 IT혁명이 결합된 '캘리포니아 이데올로기'가 선포되었다. 이곳에서는 현실세계의 모든 차별과 장애가 사라진 '전자 민주주의'에 대한 선언문이 연일 이어졌으며, '민주적인' 디지털 세계의 새로운 시민계층을 묘사하는, 디지털 매체를 잘 다루는 지식인이라는 뜻의 '디제라티digerati'라는 신조어가 널리 유포되었다. 그 중심에는 일견 평등해 보이는 횡적인

1993년에 창간되어, 캘리포니아 이데올로기의 세계적 확산에 큰 역할을 한 미국 IT 전문잡지 『와이어드』의 1995년도 표지. 세계를 다시 시작할 힘이 우리 안에 있다는 메시지를 전하고 있다.

전자 네트워크가 실현할 새로운 세상에 대한 기대가 있었다.

1990년대 중반 인터넷이 빠르게 상업화되고 나서, 가상세계라는 곳도 실제세계와 마찬가지로 수없이 많은 제약과 경계, 암호들, 그리고 거기에 더해 온갖 버그와 악의적 바이러스로 가득한 곳이라는 것을 깨닫기까지는 그리 오랜 시간이 걸리지 않았다. 새로운 밀레니엄과 함께 도래한 것은 인터넷에 대한 차가운 각성이다. 그렇지만 흥미로운 것은 이러한 각성이 무색하게, 2010년이 되자 소셜 네트워크 붐이 일어나면서, 국내에는 1990년대 초반 나왔던 장밋빛 담론들이 무비판적으로 재생산되었다. 말하자면 캘리포니아 이데올로기의 때늦은 부활이다. 동일한 패턴으로, '재스민 혁명'으로 명명된 감동적인 전자 민주주의의 가능성이 이야기되었으며, 중심이 해체된 탈위계적 구조가 강조되었다. 수용자의 생산자적 전환, 아래로부터의 민주주의, 1인 미디어 등 모두 한번쯤 들어본 듯한 익숙한 캐치프레이즈가 마치 새 것인 양 등장했다. 소셜 네트워크라는 것도 마찬가지로 보이지 않는 권력관계에 의해 움직이며, 뛰어난 확산 도구는 될 수 있을지언정 상호 평등한 소통 도구는 되기 어렵다는 인식은, 언제나 그렇듯 한 박자 늦게 출현하는 중이다. 수용자를 생산자로 고무시키는 문제는 새 매체가 등장할 때마다 논의되는 화두이지만, 우리 시대의 주도 매체인 디지털 기반의 커뮤니케이션 매체가 이를 온전히 실현할 것이라는 기대는 지난 1990년대 후반의 경험을 무색하게 하는, 때를 잘못 찾아들어온 환상이다.

하이퍼미디어로의 중심이동

하이퍼텍스트 문학의 상승과 추락이 준 값진 교훈 중 하나는, 디지털 문학이 무조건 전통적 미학에 반하여 새롭게 작동해야 하는 것이 아니라, 우선적으로는 전통적 미학의 방법들과 연계하여 발전해야 한다는 인식이다. 실제로 역사 속에서 새로운 매체는 언제나 이전 매체의 효과를 모방하면서 자기 스스로의 표현 방식을 찾아왔다. 한 세기 전 영화는, 연극이 상연되는 극장 안에서 가장 좋은 자리에 앉은 관객의 시점으로 장면을 고정하여 촬영하고, 또한 마치 문학작품이나 조형예술인 양 '사조'를 표방하면서 시작되었다. 마찬가지로 디지털 문학도 과도기 형태의 하이퍼텍스트로부터 이제는 하이퍼미디어로의 중심이동을 통해 스스로의 독자적 미학으로—현재로는 이러한 발전 가능성이 단지 징후적으로 나타나고 있지만—이동하고 있음을 관찰할 수 있다.

여기에서 하이퍼텍스트와 하이퍼미디어는 디지털 문학 이론에서 문학을 구성하는 기본 단위(혹은 미디어 프레임)로 정의된다. 1990년대 초반에는 하이퍼텍스트와 하이퍼미디어라는 단어가 구분되지 않고 혼용되었다. 하이퍼텍스트 자체에 이미 '다매체성'이라는 요소가 포함되어 있기 때문인데, 두 용어는 디지털 문학이나 예술의 기술적 조건이라는 본질적으로 같은 대상을 지시한다. 그러나 최근 들어 하이퍼텍스트라는 용어는 점점 텍스트의 상호관계를 지시하는 링크 기능으로 한정되고, 매체와 매체 간의 역동적 구성을 강조할 때는 하이퍼미디어라는 개념을 선호하는 뚜렷한 경향을 보이고 있다. 이에 따라 하이퍼미디어는 '다매체적 하이퍼텍스트'로—물론 앞서 언급한 대로 하이퍼텍스트에 이미 다매체성이 포함되어 있지만—정의되며, 매체 간 관계를 다루는 상호매체성의 토론에서도 하이퍼미디어가 그 대상이 된다.

디지털 문학의 미학 논쟁들

미학 논쟁을 소개하기에 앞서, 디지털 시대의 문학 실험이 보여주는 새로운 단초는 무엇보다도 (상호)매체적 인지 속에서, 즉 매체 간 역동적 긴장관계 안에서 가장 잘 관찰될 수 있다는 관점을 전제로 출발하고자 한다. 이러한 배경에서 다음 두 가지를 중점적으로 살펴볼 것이다.

첫째, 책에서 볼 수 있는 인쇄된 텍스트 구조가 하이퍼텍스트, 혹은 하이퍼미디어라는 매체를 통해 어떠한 변화를 겪는가?

둘째, 이와 함께 등장하는 새로운 형태의 문학이—바로 책 문화에서 문학이 이러한 역할을 수행했듯이—수용과 창작 과정에 성찰의 계기로 기능할 수 있는가?

첫번째 질문과 관련하여 살펴보자면, 책 문화에서 존재하기는 했지만 전면에 드러나지 않았다가 디지털 문학에 이르러서야 두드러지게 나타나는 세 가지 특징이 우선적으로 관찰된다. 바로 한 작품 안에 여러 줄거리를 허락하는 다선형성, 이미지와 소리를 포함하는 다매체성, 그리고 독자와 텍스트 사이의 직접적인 상호작용성, 혹은 텍스트를 통한 독자와 독자 사이의 상호작용성이다. 이 세 가지 특징으로부터 디지털 문학이 가진 새로운 미학적 가능성을 논할 수 있는데, 다선형성은 '상호텍스트성'에 대한, 다매체성은 '상호매체성'에 대한, 그리고 (작동적인) 상호작용성은 (미학적 효과로서의) '상호작용성'에 대한 미학적 숙고의 출발점으로 기능할 수 있다. 바로 이 세 가지 개념에서 디지털 문학작품들이 보여주는 미학적 구성과 이에 대한 고찰이 이 책에서 각각 하이퍼텍스트적 매체조건(1부 '회고: 텍스트에서 하이퍼텍스트로')과 하이퍼미디어적 매체조건(2부 '전망: 하이퍼텍스트에서 하이퍼미디어로') 하에서 다루어질 것이다.

1부와 2부는 서로 다른 방향의 시선으로 구분될 수 있다. 1부가 '고전적인' 하이퍼텍스트 문학의 과거를 뒤돌아본다면, 2부는 점점 '하이브리드화'되는 하이퍼미디어 문학과 예술의 현재를 살펴보고 미래를 전망하고자 한다. 1부에서는 하이퍼텍스트 미학의 핵심인 '링크'가 구현하는 효과인 상호텍스트성과 상호작용성이 논의의 중심에 놓여 있는 반면, 2부는 상호매체성을 중점적으로 다루는데, 여기에는 텍스트성Textuality과 매체성Mediality에 대한 논의가 포함된다.

이에 대해서는 부연설명이 필요하다. 멀티미디어가 점차 부상함에 따라, 새로운 매체의 문학적 실험도 하이퍼미디어라는 프레임에서 주로 표현되는데, 이러한 상황은 텍스트와 매체와의 관계에 대해서도 재고하도록 만들고 있다. 즉 예술사에서 늘 있었던, 텍스트성과 매체성 사이에 놓인 유희의 공간에 새로운 관심이 모아지는 것이다. 텍스트를 모든 내러티브를 가진 예술형식의 원형으로 보는 '텍스트 신격화Text-Apotheose' 담론이—'이미지의 홍수'로 표현되는 반대담론과 함께—텍스트와 이미지가 형성하는 현재의 역설적 관계를 가장 첨예하게 보여준다고 하겠다. 텍스트 신격화의 담론은 사실 이전 1980년대 영화의 문학화를 놓고 벌어진 토론의 리바이벌이다. 이때 텍스트를 모든 내러티브 예술의 원형으로 보는 관점은 문예학적 해석방법을 그대로 영화에 적용하는 방식의 근거로 사용되었다. 이러한 방식의 가장 큰 문제는, 영화가 전개하는 내러티브적인 면만 분석이

되었을 뿐, 영화만이 보여줄 수 있는 매체의 형식적 특성은 논의 대상에서 제외되었다는 점이다. 놀랍게도 이러한 방식의 '반쪽짜리' 분석은 현대에도 영화분석이라는 표제 아래에서 심심치 않게 발견된다. 이것은 실상 영화 전체에 대한 분석이라기보다는 영화의 시나리오 분석이다. 이러한 예에서 전통적인 텍스트 개념만으로는 모든 매체 양상을 설명할 수 없다는 사실이 분명해진다. 다만 모든 매체작품에서는 '원형적인 이야기'로서의 텍스트성이 내재해 있으며, 이것이 바로 다양한 매체들을 모두 일차적으로 텍스트로서 이해하는 시도('영상 텍스트' '텍스트로서의 문화' 등등)를 뒷받침할 수는 있다. 바로 이 텍스트성을 떼어내고 보면, 매체에 여전히 남는 것은 이야기의 전달을 위해 간과된 '기술적-물질적 측면'인 '매체성'이다. 이 순수한 형식으로서의 매체성 사이의 다양한 관계(상호침투, 균열, 경쟁, 혼합 등등)가 바로 상호매체적 현상이다.

이러한 관점에서 보면, 상호매체성의 개념도 상호텍스트성의 연장으로 이해할 수 있다. 상호텍스트에서 문제가 되는 것이 서로 다른 (매체)작품 간의 상호 '내용적' 지시관계라면, 매체성 사이의 '형식적' 관계의 혼합 및 경쟁 혹은 더 나아가 텍스트성에 침투하는 매체성의 간섭현상이 상호매체성이다. 즉 소설 『해리 포터』와 영화 〈해리 포터〉 간 내러티브의 비교는 어디까지나 상호텍스트성의 범주 안에 있다. 이에 비해, 초기 표현주의 영화를 분석하면서, 영화형식 속에 드러난 문학적 매체형식(책장을 넘기는 것과 같은 자막 활용)과 새로운 매체형식(비주얼 쇼크, 빛과 그림자의 대조, 효과음 사용)을 비교분석하는 것은 상호매체적이라 볼 수 있다. 인상적인 것은, 순수하게 분리된 영화의 형식은 다시금 전체 내러티브에 어떠한 방식으로든 영향을 미친다는 것이다. 분리를 통해 관찰 가능해진 텍스트성과 매체성 사이의 간섭은, 그러므로 다시 '상호매체적으로' 읽힌다.

이렇게 상호매체성을 문예학적 방법론으로 채택함으로써, 확대된 의미의, 텍스트성과 매체성을 아우르는, 내용과 형식을 아우르는 종합적 의미의 '독서'가 가능하게 되었다. 또한 다매체적 작품을 문예학적 틀 속에서 매체형식의 특성을 간과하지 않고 관찰하는 길도 가능해졌다.

텍스트 안의 빈 공간: 문예학 전통과의 접점

상호텍스트성, 상호작용성, 상호매체성이라는 세 가지 미학적 중심 개념에 대한 고찰에서는 무엇보다 원래의 이상적인 구상과 대비되는, 실제로 구현된 작품과의 비교를 통해 이들의 미학적 효과가 단지 전통적 미학에 대한 기술적 모방이라는 사실을 밝혀내고자 한다. 이러한 효과는 디지털 시대에 특징적인 현상인 '사용자 환상'에서 기인하는데, 동일한 이유로 디지털 예술에서 작품성이나 매체의 성찰기능을 논의할 때도 그 대상이 매체의 표면에만 집중되어왔다. 여기에서 두 가지 서로 다른 방향으로 발전되는 디지털 문학의 미학적 전략을 언급할 수 있겠다.

첫번째는 수용자가 가상적으로 제시된 미적 효과를 가능한 한 '빈틈없이' 경험할 수 있도록 이러한 환상을 더욱 효과적으로 시뮬레이션하는 전략이다. 이와는 반대로, 오히려 작품 속에서 '빈 공간'(혹은 여백)을 드러내어 수용자가 이를 자신의 상상으로 채우거나 그 사이에서 차이를 스스로 인지할 수 있도록 이끄는 전략이 있다. 작품 창작 측면에서 본다면, 첫번째 전략은 기술의 완벽화를 통해 빈 공간을 메우는 시도로 표현되고, 두번째 전략은 작품 창작 목표를 매체에 대한 성찰의 계기에 두는 것으로 이해할 수 있다. 어떠한 경우에도 우선적으로는 여기서 '틈새' '빈 공간' 혹은 '사이공간Zwischenräume'의 발견을 요구하고 있으며, 이러한 입장은 다시금 텍스트 내부의 미학적 여백을 중시하는 문예학 전통과 연결된다. 바로 여기서 우리는 새로운 디지털 미학 이론의 형성에 전통적 문예학이 공헌할 수 있는 지점에 도착한다.

1부

회고:
텍스트에서 하이퍼텍스트로

010. 상호텍스트성: 문학은 언제나 상상력이다

태초에 텍스트가 있었다

하이퍼텍스트가 처음 출현했을 때, 문예학자들이 즉각 관심을 보인 이유는 그것이 어디까지나 '텍스트'의 일종이었다는 것이다. 형형색색 이미지들이 곧 차지할 공간이었지만, 놀랍게도 "태초에(는) 문자가 있었다.Am Anfang war das Wort"[12] 사이버 스페이스에도 말이다. 월드와이드웹이 대중화되어 전자 네트워크가 1990년대 중반부터 빠르게 이미지와 동영상으로 뒤덮이기 이전, 최초의 인터넷은 문자와 텍스트의 세상이었던 것이다. 당시는 텔넷Telnet과 고퍼Gopher가 있었고, 인터넷 실시간 대화 프로그램 IRCInternet Relay Chat를 사용해 채팅을 즐겼으며, 이들은 모두 텍스트 기반 서비스였다. 심지어 사람들은 다중접속 롤플레잉 게임MMORPG의 효

```
<h1>Computer Code</h1>
<img src="../image/story/2013/08-computercode.jpg" width="700" height="394" id="vplayer">
<script type="text/javascript" src="jquery-1.7.1.min.js"></script>
<script type="text/javascript" src="videoplayer.js"></script>
<script type="text/javascript">
    var publishedDate = "20130326"; //reverse date format
    var origtitle = "Did you know kids are learning about computer coding?";
    var origurl = publishedDate+"_computercode_hi.mp4";
    videoplayer.smooth = true;
    videoplayer.wmode = "opaque";
    videoplayer.embedPlayer('vplayer',origurl,null,null,origtitle,false);

    //to handle the title overlay.
    videoplayer.onStateChange = function(vplayer,state){
    if (state=="PLAY_STATE") {
        $("#kiosk h1").fadeOut();
    } else if (state=="STOPPED_STATE" || state=="PAUSE_STATE") {
        $("#kiosk h1").fadeIn();
    }
}
</script>
```

아스키 코드와 HTML로 만들어진 하이퍼텍스트의 원 텍스트(소스). 흰 종이에 검은 인쇄글자를 연상시키는 형태를 보인다.

시인 머드MUD(Multi-User Dungeon) 게임을 텍스트로 즐겼다. 이전과는 다른 새로운 세상으로 우리를 이끌 것으로 기대를 모았던 획기적인 도구도 일종의 텍스트로 명명되었다. "책의 죽음"을 이야기했던 R. 쿠버가 그 동력으로 지목한 '하이퍼텍스트'가 바로 그 주인공이며, 하이퍼텍스트를 구성하는 것도 알파벳과 숫자로 이루어진 아스키 코드ASCII-Code와 HTML이었다.

그랬기 때문에 이 시기로부터, 인터넷의 멀티미디어화와 상업화가 급격히 일어나기 직전인 1990년대 중반까지 몇 년간의 시간적 공간은 새로운 매체가 텍스트의 부활, 그리고 그로 인한 문학의 부활을 이끌 것이라는 기대가 최고조에 달했을 때다. 이때의 상황을 자세히 살펴보면 새로운 매체에 대한 인문학자들의 높은 기대를 쉽게 찾아볼 수 있다.[13] 당시 이들은 하이퍼텍스트를 '새로운 텍스트'로 인식하는 데 전혀 주저하지 않았으며, 하이퍼텍스트에 대한 논의가 기존의 해묵은 문학 논쟁의 새로운 돌파구가 되어줄 것이라고 전망한 학자들도 있었다.

> 새로운 기술의 (간접적이며 직접적인) 전반적인 현현顯現은 확실히 하이퍼텍스트와 더 특별하게는 하이퍼픽션을 관찰하는 가운데 가장 분명히 드러난다. 텍스트의 생산과 수용 방식의 직접적인 변화 외에도 하이퍼텍스트 구상의 실현은 궁극적으로 텍스트성에 대한 이론 논쟁에도 영향을 미치고 있으며, 그 논쟁은 인문학에서 초기 낭만주의 때부터 지속된 바로 그것이다.[14]

조금 더 구체적으로 말하자면, 낭만주의 시대의 "끝이 없는 책"에 대한 꿈이 이제 첨단 테크놀로지의 도움으로 실현을 목전에 두고 있다는 것이다. 만들어지는 과정 속에 영원히 존재하는, 즉 "모두에 의해 쓰이고 보완되고 읽힐 수 있는 궁극의 텍스트, 즉 완벽한 책"[15]에 대한 구상이 하이퍼텍스트라는 도구를 통해 이제 실제로 가능한 것처럼 보였다. 링크로 수없이 많은 텍스트가 서로 연결된 하이퍼텍스트는 이론적으로 끝없이 이어질 수 있으며, 전자매체의 힘을 빌려 언제나 다시 고칠 수 있고, 동시에 집단적으로도 창작할 수 있는 작품을 만들어내리라고 여겨졌기 때문이다. 동시에 '텍스트Text'라는 개념이 이제 바로 그 어원적 뿌리가 되었던 '직물Textil' '편물Gewebe' 혹은 '네트워크Netzwerk'와의 긴밀한 관련하에 다시금 유행어로 떠올랐다.

이러한 배경에서 전자 통신망의 도래를 '텍스트의 귀환'으로 이해하고, 이전 시대의 가장 대중적인 영상매체였던 TV와 영화의 퇴조를 예견하는 주장이 힘을 얻었다. 이러한 인식은 무엇보다도 "현실적으로 존재하는 가상공간"이 "텍스트 기반의 환경"[16] 이라는 관찰에서 비롯된 것이다. 실제로 인터넷 네트워크를 구성하는 아스키 코드와 HTML은 인쇄시대와 마찬가지로 하얀 바탕에 검은 글자로 이루어져 있었다. 이 새로운 가상의 텍스트가 인문학자들에게 매력적이었던 것은 여기에서 무엇보다도 문자를 "쓰는" 능력이 중요하게 다루어졌기 때문이다.[17] 그것도 범람하는 "시각 디자인 매체에 대한 문자의 대답"[18]으로서 말이다.

> 문자가 이미지 문화와의 연관하에서 죽은 것으로 선포된 이후, 순간적으로만 존재하는 컴퓨터 텍스트는 이러한 문자의 아이러니한 귀환이다. 문자로 된 것들은 스스로를 쇄신하는 데 성공했고, 이를 통해 새로운 대중매체가 탄생했다. ……알파벳을 배운다는 것은 자판으로 글쓰기를 배우는 것과 동일해졌다.[19]

특히 청소년 사이에서 광범위하게 발생한 '자판으로 알파벳 배우기'는 새로운 인터넷 문화와 함께 인기를 끌었으며,[20] 당시 이미 호경기를 맞이한 이메일 소통에 힘입어 "예전에는 구두로 전달되던 것들도 이제는 문자를 통해 전달되고 있다"는 식의 발언이 정당성을 획득한 것처럼 보였다.[21] 이를 통해 일상적인 문자소통의 양은 비약적으로 늘어났으며,[22] 1990년대 초반 하이퍼픽션을 위시한 '진지한' 문학 실험들의 등장으로 원래 "계산 기계Zählmaschine"였던 컴퓨터는 마침내 많은 이가 꿈꾸었던 "이야기 기계Er-zählmaschine"[23]로 전환된 것으로 여겨졌다. 모든 지표가 문자와 텍스트의 새로운 르네상스를 가리키고 있었던 것이다. 기술에 대한 매혹과 학문적 낙관의 결합은 이미 1990년대 초반부터 중반까지 활발히 이루어진 각종 인문학 관련 인터넷 프로젝트에서도 쉽게 읽어낼 수 있다. '상상의 도서관Die imaginäre Bibliothek' '유럽 일지Europäisches Tagebuch' '구텐베르크-프로젝트Gutenberg-Projekt' '확장된 책들Expanded Books' 등이 바로 그것이다. 수용자에게 읽기와 쓰기라는 행위를 빼앗아간 영상매체가 주도하던 시대는 이제 지나가버린 것으로 치부되고, 새로 등장한 컴퓨터는 다름 아닌 "보편 쓰기 기계universale Schreibmaschine"로 여겨졌으며, 인터넷은 서로서로 연결된 끝없는 텍스트의 우주로 인식된, 문자문화를 사랑하는 텍스트 애호가들에게는 어쩌면 행복했던 시기였다. 매체학자 만프레트 파슬러의 표현대로, "컴퓨터에 대한 열광은 초기에는 단매체적인 열광"[24]이었다. 그러니까 최초에 텍스트가 있었던 것이다. 사이버 세상에서도. 그리고 이 텍스트들은 적어도 이론적으로는 끝없이 연결되어 있었다.

상호텍스트와 하이퍼텍스트

하이퍼텍스트가 등장한 초기 단계부터 상호텍스트 개념과의 유사성은 곧바로 주목받았다. 하이퍼텍스트의 링크를 통해 독자는 이와 연관된 새로운 수많은 텍스트를 열어볼 수 있다. 링크 없이 따로 떨어져 있는 하이퍼텍스트는 의미가 없는 것으로 여겨졌다. 따라서 하나의 텍스트가 언제나 다른 텍스트와의 관련하에 존재하는 상호텍스트성이라는 콘셉트는, 링크를 통해 실제로 모든 텍스트를 연결할 수 있는 하이퍼텍스트의 출현으로 기술적으로 실현된 것처럼 보였다. 이러한 주장을 펼치는 이론가들은 양 개념의 구조적 동일성을 강조하며, 하이퍼텍스트를 상호텍스트라는 문예학적 제안의 기술적 완성으로 간주하기에 이른다. 1991년에 나온, 하이퍼텍스트에 대한 최초의 본격적인 학술이론서인 『글쓰기 공간Writing Space』의 저자 제이 데이비드 볼터는 1996년에 하이퍼텍스트를 체인처럼 엮어 모두에게 제공한 월드와이드웹을 다음과 같이 평가한다.

> 월드와이드웹은 하이퍼텍스트라는 약속의 실현이다. 하이퍼텍스트는 언제나 자신을 뛰어넘어 다른 텍스트와의 관계하에 형성되기를 바라기 때문에 하나의 독립되어 존재하는 하이퍼텍스트란 그 자체로 모순인 것이다.[25]

하이퍼텍스트의 최전성기를 알렸던 에세이 「유토피아로서의 하이퍼텍스트」의 저자 하이코 이덴젠의 발언은 좀더 직접적으로 상호텍스트 콘셉트를 향하고 있다.

> 책 문화 시대의 상호텍스트성은 가상적인 것이고, 네트워크의 상호텍스트성이 리얼한 것이다.[26]

그러나 이렇게 쉽게 이룬 성공은 어딘가 미심쩍기 마련이다. 이와는 다른 입장을 가진 이들의 주장도 곧바로 제기되었다. 하이퍼텍스트의 링크는 기계적 지시관계일 뿐이라는 것이다. 애초에 상호텍스트는 상상력과 창조력의 영역과 관련된 것이었으며, 그러한 의미에서 하이퍼텍스트의 연결성이란 미학적 가치에서 보면 아직 제한되어 있다는 것이다. 물론 이러한 주장을 뒷받침한 것은 당시 기대에 미치지 못한 하이퍼픽션의 결과물이었다. 이러한 주장을 자세히 살펴보기 위해서는, 책 문화에서 '가상적'이었던 상호텍스트 개념과 '리얼한' 하이퍼텍스트 시스템에 대해 좀더 알아볼 필요가 있다.

상호텍스트라는 용어는 잘 알려진 대로 1960년대 후반 쥘리아 크리스테바가 처음 사용했다. 이것은 텍스트 간의 역동성과 그 사이에서 이루어지는 '대화'를 중시한, 러시아의 문예학자 미하일 바흐친의 생각을 이어받은 것이다. 크리스테바는 바흐친의 '대화성' 개념을 더욱 발전시켜 상호텍스트를 "텍스트 내부에서 발생하는 텍스트 간의 상호작용"으로 정의한다. 말하자면 지금 우리 앞에 존재하는 이 텍스트는 언제나 그 이전에 존재한 텍스트에 대한 반응으로 생성된 것이며, 이러한 과정은 끝없이 진행되어왔고, 앞으로도 진행될 것이라고 본다. 따라서 모든 텍스트는 늘 다른 텍스트와 내재적으로 결합할 수 있는 가능성을 가지며, 이러한 독서는 선형적이라기보다는 자유로운 연상작용을 통해 비선형적으로 계속되는 것이다. 크리스테바뿐만 아니라, 롤랑 바르트에게도 텍스트는 "메아리의 방chambre d'echos"으로 여겨졌다. 하나의 텍스트가 관계하는 대상은 이미 발화되거나 기술된 또다른 텍스트이며, 이런 의미로 텍스트들은 메아리처럼 계속 이어진다. 텍스트를 구성하는 요소들도 그 텍스트에게만 고유한 것이라기보다는 다른 텍스트들과 이미 공유되는 것이다.

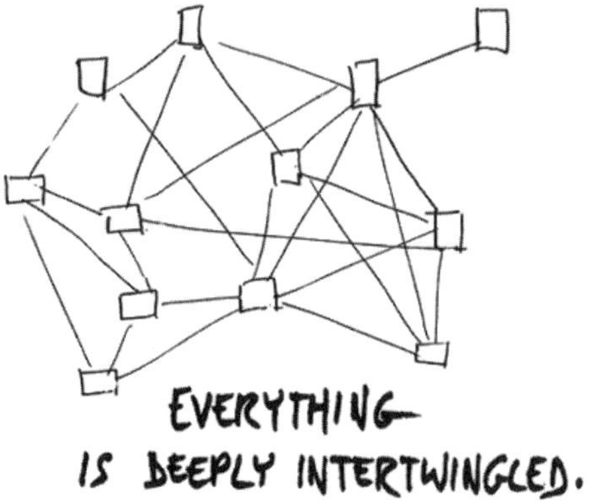

테드 넬슨이 1974년에 자비출판한 하이퍼텍스트 선언문 「Computer Lib/Dream Machines」에 실린 하이퍼텍스트의 구조. "모든 것이 깊이 뒤엉켜 있다"라고 적혀 있다.

이러한 연쇄 밖에 혼자 따로 존재하는 고립된 텍스트는 존재하지 않는다.

> 그리고 이것이 바로 상호-텍스트이다. 끝없는 텍스트들의 외부에 텍스트 하나가 따로 존재한다는 것은 불가능하다. 이 텍스트가 프루스트의 텍스트이든 일간신문이든 TV이든 간에 말이다. 텍스트들은 의미를 만들고, 의미는 삶을 만든다.[27]

개념으로서의 하이퍼텍스트 또한 1960년대 테드 넬슨이 처음 명명했다. 넬슨은 하이퍼텍스트를 "비선형적 글쓰기와 글읽기"로 정의했고, '제너두 프로젝트Xanadu-Project'를 구상했는데, 서로 연결된 텍스트로 전세계적 네트워크를 구성한다는 점에서 현재의 인터넷 서비스인 월드와이드웹을 직접적으로 연상시킨다. 그는 이 네트워크를 자료들의 우주라는 의미에서 '다큐버스 Docuverse'로 명명했으며, 모든 이에게 완전히 열린 이상적인 구조로 설계했다.

> 하이퍼텍스트란 비선형적 글쓰기를 말한다. 계속해서 가지를 치고 독자들에게 선택을 허용하는 텍스트. 상호작용적인 화면에서 가장 잘 읽을 수 있는 텍스트. 다시 말해서 끈으로 연결된 일련의 텍스트 덩어리로서 독자에게 다른 경로를 제공하는 텍스트.[28]

완전히 열린 구조란 독자에게 연결의 자유, 즉 링크를 만드는 자유가 보장된다는 뜻이다. 기존 텍스트에 자신의 의견을 더해 쓸 수 있는 가능성을 강조했기 때문에, 제너두 시스템은 네트워크 문서들이 계속 변화하여 늘어날 때마다 매번 저장되는 시스템이어야 했다. 이를 위해서 그는 매번 저장되는 버전에 이름을 붙일 것을 제안했다. 이러한 방식으로 제너두 시스템 안에서는 모든 문서가 언제라도 접근 가능하고 변형 가능하며, 동시에 보호될 수 있었다. 이상적인 하이퍼텍스트 시스템인 '제너두 프로젝트'는 실제로 실현되지는 못했지만, 이후 하이퍼텍스트가 개발되고 발전하는 과정에 직간접적인 영향을 끼친다.

그렇다면 오늘날 실현된 '리얼' 하이퍼텍스트 시스템은 이러한 하이퍼텍스트의 이상에 얼마만큼 근접했을까? 언제라도 독자가 덧붙이고 변형할 수 있는, 창조적인 글쓰기가 포함된 그러한 독서를 지원하고 있을까?

하이퍼텍스트와 월드와이드웹

하이퍼텍스트 프로그램의 선구자였던 더글러스 엥겔바트와 앤드리스 반 담 등이 1960년대 후반에 하이퍼텍스트를 사용할 수 있는 에디팅 프로그램을 최초로 개발하는 데 성공한 이후로, 한 시기 동안 각종 프로토 타입 프로그램들이 연이어 등장했다. 그렇지만 이들은 모두 연구소 내에서만 사용 가능한 모델들이었다. 1980년대 말에 이르러서야 퍼스널 컴퓨터에서 사용할 수 있는, '하이퍼카드HyperCard'나 '스토리스페이스Storyspace'[29] 같은 상용화된 프로그램들이 등장하여 개인 사용자도 하이퍼텍스트로 문서를 만들 수 있도록 보급되었다. 그러나 이러한 '개인적인' 하이퍼텍스트 문서 프로그램과, 1969년 첫 가동된 아르파넷ARPAnet을 시작으로 세계 각국의 컴퓨터를 연결시키며 빠르게 발전해온 컴퓨터의 전자 네트워크를 결합한 것은 바로 월드와이드웹이었다. 바로 이 월드와이드웹이 1990년대 초 등장하면서부터 하이퍼텍스트 시스템은 폭발적 진화 단계에 접어든다.

1990년 화학자였던 팀 베르너스리는 유럽소립자물리학연구소CERN 안에서 사용할 목적으로 전자 네트워크를 사용하여 문서를 공유하는 아이디어를 냈다. 문서의 위치를 알려주는 URLUniversal Resource Locator의 도움으로 네트워크에 올린 모든 텍스트를 빠르게 찾아갈 수 있고, 이미지와 소리도 포함할 수 있는 획기적인 기획이었다. 애초에 연구소에 소속된 연구원들이 세계 어디서라도 공동으로 작업하고 정보를 교환하기 위한 목적으로 개발된 월드와이드웹을 일반에게 알리고 세계적으로 성공하도록 도운 것은 당시 대학생이자, 훗날 넷스케이프Netscape 커뮤니케이션 사를 설립하는 마크 안드레센이다. 그는 그래픽으로 이루어진 최초의 웹브라우저 '모자이크Mosaic'를 개발했는데, 이것은 그때까지 텍스트 화면만을 보던 사용자들에게 선풍적인 인기를 끌었다. 드디어 단 한 번의 마우스 클릭으로 인터넷의 바다에 떠 있는 그 어떤 텍스트라도 자신의 모니터 위로 순식간에 가져오는 일이 가능해졌다. 이제 자신을 몽상가라고 칭했던 테드 넬슨의 끝없는 우주 '제너두 프로젝트'가 실현된 것일까?

1960년대의 이상적인 하이퍼텍스트 콘셉트와 현재의 월드와이드웹의 구조를 비교해보면, 그 차이는 금세 분명해진다. 검색의 편리성을 추구하고 매번 문서를 저장해야 하는 기술적 어려움을 피하기 위해, 월드와이드웹은 기존의 웹페이지에 방문자가 자신의 생각을 덧붙이거나 링크를 만드는 기능을 처음부터 허용하지 않았다. 이것은 일반적으로 전자 네트워크가 '열린 구조'를 가졌다는 통념에 완전히 반대되는 것이다. 실제로 존재하는 인터넷에서 단순한 독자는 주어진 페이지를 방문할 수 있을 뿐이며, 무언가를 변화시키는 일은 가능하지 않다. 즉 이미 존재하는 텍스트를 자신의 의도대로 확장시키는 일은 어렵다는 말이다. 웹사이트 상에서 무언가를 변형시키거나 덧붙이는 작업은 프로그래머로서의 저자 혹은 원저자에게만 가능하며, 혹은 그들에 의해 미리 기획된 특정한 장소에서만 허용된다.

바로 이러한 '닫힌 구조'가 현실 하이퍼텍스트와 (여전히 이상적인) 상호텍스트 간의 근본적인 차이가 된다.

페노-텍스트와 제노-텍스트

다시 상호텍스트의 콘셉트로 돌아가보자. 크리스테바가 상호텍스트의 틀 안에서 '텍스트'를 언급할 때는, 이미 존재하는 텍스트인 '페노-텍스트Phéno-texte'뿐만 아니라, 아직은 존재하지 않는 미래적이며 잠재적인 텍스트인 '제노-텍스트Géno-texte'를 포함한다. 크리스테바는 이 두 종류의 텍스트가 서로 겹치는 공간으로서 상호텍스트를 이해했다. 풀어쓰자면, 독서 행위를 통해 기존의 텍스트에 자유로운 연상이 더해져 새롭게 텍스트가 생성되는 것을 상호텍스트로 보았다는 것이다. 그러나 현실에 존재하는 하이퍼텍스트의 닫힌 구조에서는, 존재하지 않는 텍스트인 제노-텍스트와의 상호텍스트 관계는 생성되지 않는다. 독자는 하이퍼링크를 통해 저자 혹은 프로그래머가 이미 정해놓은 곳으로만 이동하기 때문이다.

이러한 연결은 때때로 수용자에게는 아무런 맥락과 납득할 만한 이유 없이 진행되기도 한다. 이러한 경우 하이퍼텍스트는 상상력을 자극하는 수단으로 기능하지 못하며, 오히려 상상력을 제한하는 결과를 낳는다. 책 문화에서의 상호텍스트가 텍스트 간의 상상적 공간을 통해 독자들의 창의력을 고양시키고 창조적 기능을 수행한다면, 웹 구조의 하이퍼텍스트에서는 스스로의 관계설정을 통해 자신의 상상을 발전시킬 공간에 이미 다른 이에 의해 미리 정해진 특정 텍스트들이 들어서는 것이다. 상상력이 기계적인 페이지 넘김으로 대체된 것이며, "다양성이라는 미명 아래 자유의 상실이다."[30]

이렇게 본다면 하이퍼텍스트의 링크 기능으로 만들어진 하이퍼픽션이란, 독자에게 사건의 향방을 결정할 권한을 주며 독자를 저자의 위치까지 끌어올렸다는 과찬에도 불구하고, 실제로는 그렇게 선택하도록 프로그래밍되었을 뿐이며, 독자는 단지 경우의 수만을 가질 뿐이라는 정과리의 지적이 적절하다.[31] 따라서 노드라는 매듭에서 여러 방향으로 뻗어나가는 링크라는 연결만으로는 하이퍼텍스트를 상호텍스트의 실현으로 보기 어렵다. 독자가 상상력을 펼칠 사이공간이 결여된 것이다. 기계화된 작동방식은 결국 상호텍스트를 방해한다. 이러한 이유로 페터 마투섹은 "하이퍼텍스트는 단지 상호텍스트성을 패러디했을 뿐"이라고 선언한다.[32]

상호텍스트를 위한 디지털 문학의 미학적 전략

상호텍스트와의 피상적 구조 비교에서 벗어난 비판적 각성은 하이퍼텍스트 문학 운동의 찬성자들에게도 매우 중요한 것이었다. 하이퍼픽션의 이미 정해진 링크가 상호텍스트성을 구현하는 데 실패하는 원인으로 밝혀졌다면, 이러한 약점을 보완할 수 있는 디지털 문학의 미학적 전략도 비로소 새로이 구상해볼 수 있기 때문이다. 예를 들어, 시스템 자체에서 제공되지 않는다면, 작가/프로그래머가 자신의 작품 안에 빈 공간을 함께 엮어 넣어, 독자로 하여금 이곳에 작품에 대한 자신의 자유로운 연상을 펼치도록 하는 것은 어떨까?

실제로 하이퍼픽션의 퇴조 이후 등장한 공동창작 프로젝트에서는 이러한 빈 공간 만들기에 주력했다. 하이퍼텍스트 문학도 이전의 실패를 발판으로 끊임없이 스스로를 쇄신한 것이다. 예를 들면, G. 그리가트는 시간과 공간을 연결하여 이곳에 사람들의 추억을 결부하고자 했다.[33] 즉 하루 24시간을 1440분으로 쪼갠 후에, 매 분마다 하나의 텍스트가 읽히도록 프로그래밍한 것이다. 독자는 내가 경험하는 바로 이 시각에 대한, 어떤 날의 누군가의 기억을 읽는다. 실시간을 표시해주는 디지털시계와 함께 텍스트는 1분마다 자동으로 다음 시각으로 넘어가며,[34] 만약 그 시간에 아직 쓰인 텍스트가 없을 경우, 즉 그 시간이 누군가에 의해 점유되지 않았을 경우, 독자는 이 빈 시간의 공간에 자기 자신의 기억을 투고할 수 있다. 독자는 '공동으로 시간을 추억하기'라는 프로젝트의 공동저자가 되는 것이다. 그러나 이 프로젝트는 당시 완전히 열린 구조는 아니었으며, 텍스트 투고와 기획자의 선정 과정을 거쳤다. 이 때문에 여기서 읽을 수 있는 텍스트는 어느 정도 문학적인 텍스트로 분류되나, 이것은 열린 네트워크의 민주성을 희생해서 얻어지는 성과로 볼 수 있다. 무엇보다 자신의 투고가 선정되었는지 즉각 확인할 수 없으며, 그 판단이 언제 이루어지는지도 알 수 없다는 점에서 참여의 즐거움을 감소시키는 단점이 있었다.[35] 무엇보다도 독자는 그 시각에 관한 자신의 상상력을 펼칠 수는 있지만, 이것 또한 원저자가 정한 프레임("이 시각에 대한 너의 기억을 서술하라") 안에서만 가능하다는 점을 언급할 수 있다.

『23시 40분. 기억』이 선보인 지 2년 후에, 이보다 더 급진적인 상상이 프로이데와 에스펜쉬트가 1999년 설계한 공동창작 프로젝트 '연상-블래스터Assoziations-Blaster'[36]에서 이루어졌다. 마치 '제너두 프로젝트'에서 꿈꾸었듯이, 이 프로젝트는 독자 스스로가 이미 존재하는 텍스트에 계속해서 자유로운 링크를 덧붙일 수 있는 경험을 선사한다. 예를 들면, '연상-블래스터'를 방문하여 무작위로 주어지는 텍스트를 읽는 독자들은 주어진 텍스트에서 자신에게 영감을 주는 단어를 아무것이나 직접 선택할 수 있고, 또한 자신이 이로부터 연상한 단어를 새롭게 추가할 수도 있다. 말하자면 여기에서는 누군가에 의해 미리 '주어진 링크'가 없는 것이다! 자신이 마음대로 선택하거나, 새로 생각해내어 기입한 단어는 하나의 표제어가 된다. 여기에 내용적으로 연상되는 새로운 텍스트를 써넣으면, 작성하는 즉시 전체 텍스트의 한 부분이 되며, 텍스트 안에 포함된 각각의 단어들을 통해서 다른 텍스트들과 실시간으로 연결되고, 다른 누군가에 의해 '연상'되어진다. 방금 내가 작성한 텍스트와 단어들이, 바로 다음에 오는 다른 독자들에게 계속해서 연관 관계를 만들어낼 수 있는 기본 자료가 되는 것이다. 어느 단어가 새로운 링크가 되는지 정하는 것은 독자이고, 이 새로운 링크가 담는 내용도 독자 자신의 것이다. 이렇게 간단하게 글을 읽는 이가 동시에 글을 쓰는 사람으로 즉각 전환될 수 있게 되었다. 물론 완전히 열린 시스템을 지향하기 때문에 생기는 문제점도 존재했다. 가장 큰 문제는 프로젝트 안에서 만나는 텍스트의 길이와 수준이 천차만별이라는 점이다. 편집자를 거치지 않기 때문에 대부분의 텍스트는 짧고 즉흥적이며, 문학적 성격을 보이기가 어렵다. 또한 이러한 '즐거운' 경

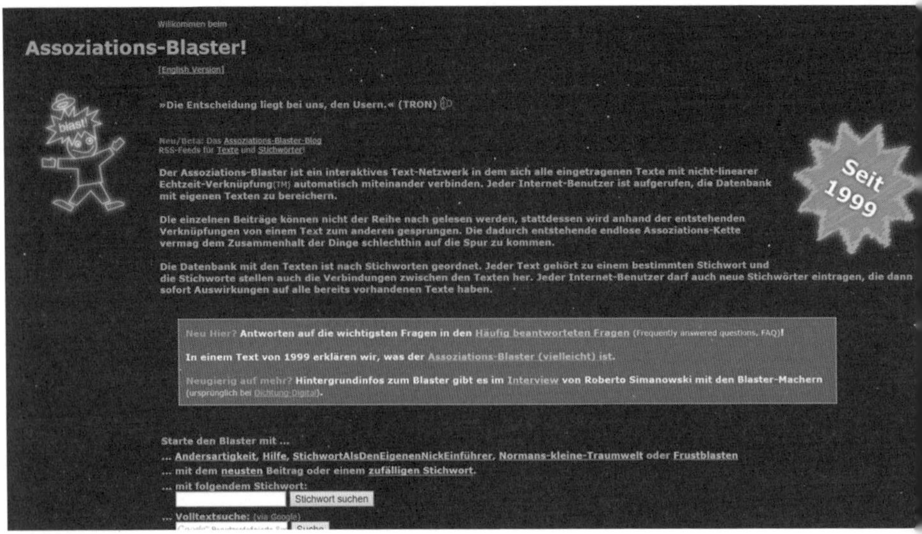

주제어를 독자가 직접 기입할 수 있도록 한 '연상-블래스터'의 첫 페이지(스크린샷).

험도 어디까지나 프로젝트 진행자가 정한 범위 안에서만 가능하다는 점은 다시 한번 언급할 필요가 있다.

이러한 공동창작 프로젝트는 문예학자들에게 상당한 파장을 불러일으켰다. 무엇보다도 공동창작 프로젝트는 기존의 '작가' 개념에 심각한 의문을 제기한다. 마치 20세기 초, 미술에서 '레디메이드' 개념이 등장하면서 스스로 만들지 않은 기성작품을 자신의 작품으로 부르는 예술가의 지위가 논란이 되었듯이 말이다. 위의 두 공동창작 프로젝트는 프로그램을 기획하고 설계한 프로그래머가 작가의 위치에서 소개되었다. 그러나 이들은 프로젝트의 '틀'을 기획했을 뿐, 실제로 프로젝트 안의 텍스트를 서술하여 '내용'을 채운 것은 이름 없는 수많은 방문자들이다.

자신이 '쓰지' 않은 작품에 대하여 '작가'일 수 있을까? 공동창작 프로젝트 기획자들은 자신들의 이름을 알리기 위하여 수없이 많은 독자를 이용한 것일까? 공동창작 프로젝트의 규모가 방대해질수록, 그 안의 텍스트들이 거미줄처럼 짜여 마치 하나의 리좀 구조를 이룰수록 이 프로젝트가 누구의 것인지 의문이 제기되었고, 이와 함께 프로젝트가 열린 구조를 이상적으로 지향할수록 텍스트의 수준은 하향화되어 공동창작 프로젝트가 더이상 활성화되기 어려운 결과를 낳았다.

011. 상호작용성: 독자는 얼마나 능동적인가?

상호텍스트에 대한 토론이 지나간 자리에 새롭게 논의되기 시작한 것은 상호작용성이다. 수행적 사회로의 전환[37]과도 그 맥락을 같이하는 상호작용성은 아직도 주목받고 있으며, 디지털 매체 시대에 가장 인기 있는 용어의 하나로 자리잡았다. 여기에는 우리가 '문화'에 대하여, 그리고 그 문화를 대하는 우리의 능력에 대하여 이전과는 다른 기준을 가지게 되었다는 인식이 바탕에 놓여 있다. 기존의 문화를 향유하는 능력이 주로 읽어내기 어려운 대상을 관찰하거나 해석하는 것으로 이해되었다면, 이제는 진행되는 사건에 능동적으로 개입하는 행동력이 전면에 등장했다. 이러한 과정에서 부각되는 것은 바로 직접적인 행동의 주체가 되는 '개인'이다. 따라서 상호작용성의 부상은 새로운 매체의 예술형식을 수용하는 방식이 전환되었다는 사실뿐만 아니라, 매체를 다루는 사용자 개인이 가지고 있는 이미지 또한 변화했다는 것을 알려준다.

새로운 디지털 매체 사용자의 이미지는, 수동적이고 조작받기 쉬운 TV 시청자 '카우치 포테이토'들의 바로 반대편에 서 있는 사람들이다. 즉 매체를 잘 다루며, 매체를 수동적으로 대하는 것이 아니라 능동적으로 대하고, 자신이 무엇을 원하는지 분명히 알고 매체를 사용하는, 자의식이 뚜렷한 지식인들이다.

이러한 멋진 이미지는 언제부터 시작되었을까? 디지털 시대의 '신新지식인'이라는 용어는 바로 전 세계를 촘촘한 전자 그물망으로 뒤덮은 새로운 매체가 1990년대 초반 우리 일상의 모습을 서서히 바꾸어놓던 그 시기부터 나타났다. 이때 미국 서부 해안을 중심으로 새로운 정보기술의 민주적이고 혁명적인 잠재력에 대한 믿음이 확산되기 시작했다. 앞서도 설명했듯이, 일명 '캘리포니아 이데올로기'라고 불렸던 이러한 시각은 디지털 매체가 가져올 미래상을 매우 낙관적으로 바라보았다.[38] 이미 존재하는 사회와는 전혀 다른 대안적 사회가 새로운 기술이 마련한 가상공간 속에 건립되는 듯이 보였고, 이 안에서는 국적과 인종, 문화, 성별 등 실제 삶을 제약하는 경계들이 모두 사라질 수 있다고 믿었다. 사회적 계급이나 출신, 학력과는 관계없이 새로운 매체를 능숙하게 다루는 능력을 소유하고, 곧 도래할 전자 민주주의 시대를 이끌 신흥 디지털 지식인을 뜻하는 "디제라티"[39]라는 용어가 바로 여기에서 나왔다.

새로운 네트워크 사회에서 시민들의 관심사는 '제한 없고 독점되지 않은 정보의 흐름'이었으며, 이때 가장 강조된 것은 많은

미국 캘리포니아 록 밴드 'young digerati'의 앨범. 스스로를 디제라티라고 부른 사람들은 표면상 내세운 다양성과는 달리 주로 '젊은' '백인' '중산층' '지식인' '남성'으로 이루어져 있었다.

정보 가운데 취사선택할 수 있는 자기주체적인 모습이었다. 바로 '결정하는 자'의 이미지이다. 네트워크 사용자들은 매체가 제공하는 여러 가능성 사이에서 스스로 결정을 내리고, 이러한 과정을 통해 수용하고자 하는 대상의 구성에까지 직접적으로 참여할 수 있다고 믿었다.[40] 이상적인 사용자의 모습은 언제나 수많은 하이퍼링크 중 하나를 기꺼이 선택할 용의가 있으며 어지러운 가상공간의 미로에서도 늘 자신의 목표를 찾아가는 것이었다. 이렇게 지칠 줄 모르고 항해하는('네비게이터') 네트워크 세계의 탐험자('익스플로러')란 은유는 초기 디지털 문학 이론에서 새로운 문학을 수용하는 능동적인 독자의 모습으로 여과 없이 받아들여졌다.

상호작용성 개념이 바로 이 이상적인 독자를 전제하고 있음은 디지털 문학 발생 초기부터 관찰된다. 링크라는 연결고리로 조직된 하이퍼픽션은 독자의 개입으로 완성되는 다수의 이야기를 제공하는 데 중점을 두며, 여기에는 독자의 능동적 참여가 구성의 절대적인 요소가 된다. 실제로 하이퍼텍스트 문학 이론에서 상호작용성이라는 주제를 다룰 때, 언제나 독자가 능동적 역할을 기꺼이 맡는다는 사실이 당연하게 여겨졌다. 여기서 문제는 수용자가 모든 경우에 능동적이고 싶어하느냐는 문화인류학적 질문에서 비롯한다.

우리는 정말 모든 경우에 능동적이고 싶어하는가? 지난 1990년대에 빠르게 진행된 하이퍼픽션의 짧은 역사를 상기해보면, 어쩌면 기대에 반하는 대답이 나올지도 모르겠다. 하이퍼픽션에서 종종 등장하는, 단순히 반복되는 선택에 대한 요구는 많은 경우 흥미롭지 못한 결과를 양산하거나 수용자의 동기를 현저하게 저하시켰음을 확인할 수 있기 때문이다. 아니, 보다 근본적으로는 노르베르트 볼츠의 지적대로, 쌍방향 TV 프로그램을 보는 시청자이건,[41] 혹은 정보검색중인 유저, 아니면 하이퍼픽션의 첫 페이지를 클릭해보는 독자이건, 늘 무언가를 선택할 준비를 해야 한다는 상황이 즐거운 것만은 아니기 때문이다.

'수동성'의 예찬

특히 미학적 수용에서 이러한 상황은 한층 더 복잡한 양상을 띠는데, 계속 피드백을 원하는 구조는 오히려 창조적 독서행위를 방해하는 결과를 낳을 수 있다는 주장도 제기되었다. 미헬 카올리에 따르면, 독자/수용자는 우선 수동적인 정보수신자의 역할로 물러나 있어야만 비로소 능동적인 모습으로 전환되어, 대상에 대해서 "자기 스스로의 생각"을 가질 수 있는 위치가 된다.

> 수용의 유희공간과 형식의 자유가 이루는 관계를 우리는 다음의 간단한 작동방식으로 그려낼 수 있다. 작가가 작품의 형상화에 더 많은 자유를 주면 줄수록, 그만큼 더 강하게 독자를 구성 안으로 끌어들이는 것이고, 이에 대한 요구가 커지면 커질수록, 오히려 독자의 유희공간은 작아진다. 이에 반하여 독자의 자유는 텍스트가 얼마나 형식에 예속되어 있는지에 비례하여 커진다. 왜냐하면 이 경우 독자는 여기에 담기는 의미구조를 직접 구성해보아야 한다는 과제에서 자유롭기 때문이다. 상호작용성의 증가는 독자의 자유 감소를 내포하고 있다.[42]

카올리의 주장은 "수용의 자유"와 "수용의 유희공간"이 가지는 관계에서 이제까지 상호작용성에 대한 낙관론들이 보여준 것과는 완전히 다른 측면을 제시한다. 상호작용성이 독자에게 더 많은 선택과 사고의 자유를 주는 것이 아니라, 오히려 그 반대로 작용할 수도 있다는 것이다. 내가 그 작품을 위해 끊임없이 무언가를 해야 하고 구성에도 직접 참여해야 한다면, 나는 그 대상과의 거리 획득에 실패하며 그에 대해 숙고할 수 있는 여유를 잃는다. 동양의 미학으로 말하자면, 미를 인식할 때 필수적인 자세인 '관조觀照'가 증발해버리는 것이다.

이렇게 오랜 기간 경시된 '수동성'이 다시금 자신의 권리를 주장하며 부상했다.[43] 상호작용성과 수행성이 각광받을 때 적극적인 '행동'을 강요받았던 수용자는, 이제 예술작품을 앞에 둔 '수동적인 즐김'에 대한 권리를 다시 되돌려받고자 했던 것이다.

이러한 상황은 디지털 문학의 영역에서 상호작용성이 폐기되어야 한다는 극단적인 주장으로 이어지지는 않는다. 오히려 이러한 성찰들은 상호작용성을 이해하는 데 도움을 주었다고 볼 수 있다. 상호작용성이 무조건적으로 도입되는 것이 아니라, 하나의 전략적 계기로 등장해야 한다는 것을 이해하게 된 것이다. 즉 인터넷이라는 매체가 그 자체로 소비자를 능동적 사용자로 탈바꿈시키는 것이 아니듯, 하이퍼텍스트의 구조 자체가 능동적 독서의 즐거움이나 대상에 대한 사고의 자유를 보장하는 것이 아니라는 깨달음이다. 어떠한 종류의 문학작품이건, 독서의 즐거움을 위해서는 무엇보다 작가가 독자에게 기꺼이 참여할 마음이 들도록 동기를 마련해주어야 한다. 또한 이러한 참여가 피곤한 일이 아니라 즐거움이 되어야 하고, 동시에 독자의 주의력을 흡수하는 것이 아니라 오히려 거리를 취하도록 해야 한다. 이러한 작가의 우선적인 노력 없이는 아무리 좋은 의도로 시작된 상호작용적 프로젝트라도 실현될 수 없다. 작동적 상호작용성은 부분적인 것이라 하더라도 독자의 참여를 절대적인 구성요소로 필요로 하기 때문이다.

이제 여기에서 서로 다른 두 가지 방향으로 발전하는 미학적 전략을 생각할 수 있다.

상호작용성을 위한 디지털 미학의 전략

첫번째 상호작용적 전략은 하이퍼텍스트 혹은 하이퍼미디어 문학이 독자에게 단순한 작동의 체험만을 제공하는 것이 아니라 독자를 적극적으로 작품 안으로 초대하여 '대화'를 나누거나 서로 '협력'하여 무엇인가를 이루어낸다는 것이다. '사용자와 시스템 간의 대화와 협력'이라는 모토는 바로 상호작용성의 개념 발달사를 통해서도 확인되며, 아직도 많은 디지털 문학 작품이 목표로 삼는 것이다. 이러한 방향의 전략을 상정하기 위해서는, 애초에 상호작용성 개념이 컴퓨터 테크놀로지 분야에서 어떻게 발달했는지 먼저 살펴볼 필요가 있다.[44]

상호작용성 개념은 컴퓨터의 개발 초기부터 인공지능 연구에 대한 대안으로 제안되기 시작했다.[45] 인간에게서 벗어나 완전히 독립적으로 사고하는 기계가 아니라, 인간과 기계가 공동으로 협력하여 과제를 완수하는 작업이 이상적인 모습으로 제시되었다. 이때 창조적인 부분은 인간이 맡고, 규칙적으로 반복되거나 연산으로 대체할 수 있는 부분은 기계가 맡는 것으로 구상되었다. 따라서 상호작용적 시스템에서는 인공지능 콘셉트와는 달리 과제의 처리와 커뮤니케이션 과정에 개입하여 생산적으로 참여하는 인간의 역할이 강조된다.

그렇다면 상호작용이 가능한 기계는 언제부터 출현했을까? 시대를 조금 더 거슬러올라가면, 서구에서도 어느 시기까지는 '기계'의 의미가 상호작용과 정확히 반대되는 뜻으로만 쓰인 것을 관찰할 수 있다. 독일 낭만주의 시대의 작가 E. T. A. 호프만의 『모래 사나이Der Sandmann』(1816)에 나오는 아름다운 기계인형 올림피아는 주인공의 열정적인 사랑 고백에도 아랑곳없이 다른 때와 동일하게 "아!" 하는 감탄사만 뱉을 뿐이다.(물론 이렇게 상호작용이 배제된 감탄사에도 남성 독자를 대변하는 주인공은 매우 매력적인 반응으로 여기고 더욱 사랑에 빠졌지만 말이다.) 다시 말하면, 즉각적인 상호작용이 가능한가 그렇지 않은가라는 기준이 바로 인간과 기계를 구분하는 방법이었던 것이며, 오랜 시간 기계와 인간의 유일한 상호작용이란 시작 버튼과 종료 버튼뿐인 것으로 여겨졌다. 이것은 20세기 초에 들어와 발달하기 시작한 컴퓨터의 경우에도 그리 다르지 않았다. 한번 계산 명령을 입력하면, 입력에 오류가 있다고 하더라도 연산과정이 다 끝날 때까지 기다렸다가, 다시 처음부터 입력을 시작해야 했다. 기계적 정보처리과정에 인간은 개입할 수 없었던 것이다. 역사상 최초로 전자적으로 작동하는 컴퓨터로 인정받는 콘라트 추제의 Z3(1941)도 이러한 방식으로만 계산이 가능했다. 만약 중간에 언제라도 오류를 수정할 수 있도록 인간의 개입이 가능하다면, 전체 계산시간은 획기적으로 줄어들 것이고, 그 과정 또한 효율적일 것임은 분명했다.

상호작용의 첫번째 단계: 컴퓨터와의 대화

이러한 필요에서 노버트 위너는 '사이버네틱'을 창안한다. 위너에 따르면, 사이버네틱이란 "인간과 기계의 소통적인 특성이 만나는 장소"[46]로 이해된다. 미국에서는 이미 1949년에 출판되고 독일에서는 1952년에 번역된 책에서 위너는, 기계가 시계처럼 작동하는 닫힌 시스템에서 탈피하여, 이미 상호작용 단계에 들어서고 있다고 설명한다. 인간이 고양이와 같은 살아 있는 생명체를 대하듯 이제 기계와 상호작용할 수 있는 시기가 다가오고 있다고 전망한 위너의 비전대로, 1960년대부터 본격적으로 추구된 상호작용의 첫번째 목표는 컴퓨터와의 '대화'였다.

심리학자이자 컴퓨터공학자이고 아르파넷의 주요 개발자 중 한 명인 조지프 릭라이더는 1960년 「인간-컴퓨터-공생Man-Computer-Symbiosis」이라는 논문을 발표하는데, 그가 일차적으로 추구한 것은 앞서 설명한 대로, 기계의 문제처리과정 중간에 개입을 가능하게 만드는 것, 즉 '일괄처리 모드batch mode'의 컴퓨터를 '대화 모드dialogue mode'로 바꾸는 것이었지만, 그의 구상은 여기서 한 걸음 더 나아갔다. 바로 위너의 비전을 계승하여 "인간과 컴퓨터 사이의 협력과 상호작용을 통한 공생의 파트너십"을 꿈꾼 것이다.[47] 그럼으로써 인류에게 위협이 되는 인공지능으로의 발전 방향을 거부하고, "기계적으로 확장된 인간"과 "인공지능" 사이에서 제3의 대안을 찾고자 했다. 즉 기계에 의해 인간이 대체되는 것이 아니라, 서로 보완된다는 것이다.

인간과 컴퓨터가 마치 역할을 분담한 동료처럼 한 팀을 이룬다는 릭라이더의 이상은 당시에는 물론 그대로 실현되지 못했다. 그렇지만 MIT에서 개발한 '시분할시스템Time Sharing System'이 처리과정 중에 언제라도 명령어를 입력할 수 있는 대화 모드를 선택함으로써 인간-컴퓨터 상호작용은 실용화의 첫발을 내딛는

1962년에서 1969년까지 미국 MIT에서 사용된 IBM 7094 시스템. 최초의 시분할시스템으로 알려졌다.

다. 시분할시스템은 대화 모드와 다중프로그래밍 기법을 조합한 것으로, 여러 사용자로 하여금 하나의 컴퓨터를 동시에 사용할 수 있도록 한 것이다. 커다란 메인 컴퓨터에 여러 대의 단말기가 연결된 형태라고 볼 수 있다. 대화 모드에서는 이전처럼 입력 후 전체 과정이 아무런 중단 없이 진행되는 것이 아니라, 과정을 각 단계로 나누었으며, 단계마다 개입이 가능했다. 자료처리 중간에도 명령을 전달할 수 있고, 이에 대한 반응을 보이는 컴퓨터를 사용한다는 것은 마치 기계와 '대화'를 나눈다는 인상을 주었다. 특히 문제를 찾아내고 없애는 디부깅 시스템이라든가, 에러와 재시도의 반복을 거쳐서 문제를 해결하는 과정인 트라이얼-에러 시스템이 그러했다.

초기에 구상한 대로, 반복적인 연산 작업은 컴퓨터가 담당하고, 이로부터 도출된 여러 가능성 중 하나를 선택해서 계속 진행하는 역할은 인간이 담당하고자 했던 것이다. 여기서 바로 '선택하는 자'로서의 인간이 등장한다. 그렇지만 이상적인 구상에 비해, 실제 작동과정에서 대화 모드는 '대화'라기보다는 단순히 명령과 그에 따른 수행의 반복으로 이루어져 있었다. 더욱이 이제 컴퓨터의 사용방식 자체가 바뀌면서 상호작용의 개념도 바뀌는 시기가 다가왔다. 바로 테크놀로지의 역사에서 '위대한 IBM의 시대'로 명명된 메인 컴퓨터 공동사용의 시기를 지나, 소형화된 퍼스널 컴퓨터PC가 역사 속으로 등장하면서 컴퓨터와의 상호작용도 두번째 단계로 접어든다.

상호작용의 두번째 단계: 직접 조작의 시기

시분할시스템은 사용자로 하여금 커다란 기계를 공동의 통제하에 운영한다는 인상을 주었다. 이러한 경험은 다음 시기의 상호작용성 콘셉트에도 영향을 미친다. 무엇보다 공룡 같았던 실험실 메인 컴퓨터 시대는 가고, 이제 개인 책상 위로 성큼 올라온 퍼스널 컴퓨터 혁명으로 인간과 컴퓨터의 관계는 비약적으로 변화하기 시작했다. 최초의 퍼스널 컴퓨터인 제록스 스타Xerox Star는 1981년에 출시되었고, 이전 시기와 비교하여 훨씬 개인화된 사용방식과 함께, 무엇보다 큰 특징으로 '직접 조작Direct Manipulation' 방식을 들 수 있다. 제록스 스타는 이미 모니터 위에서 그래픽 요소들을 선택하여 프로그램을 작동하도록 설계되었던 것이다. 매우 혁명적인 변화였지만, 이러한 혁신들은 물론 이전 시대의 발명에 힘입은 바 컸다. 이미 1963년에 (당시 MIT의 박사과정생이자 후에 가상현실장치를 고안하는) 이반 서덜랜드가 모니터 위에 그래픽을 구현할 수 있는 '스케치패드Sketchpad'를, 그리고 하이퍼텍스트 시스템의 선구자인 더글러스 엥겔바트가 2년 후인 1965년에 모니터 위로 직접 개입하는 만능도구 마우스를 발명하면서 이를 위한 기반을 만들었기 때문이다.[48] 특히 엥겔바트는 국가나 대학 연구소 단위에서 (주로 국가 안보를 위한 과제에) 사용되던 컴퓨터를 모든 이를 위한 "인간 지력 확장" 도구로 상정하면서 인간-컴퓨터 관계의 새 장을 여는 비전을 제시했다. 다시 말해서 "모든 사람을 위한 사고력 강화 도구"로서 컴퓨터를 '일상적으로' 활용하는 방안을 내놓은 것이다.[49] 모든 이를 위한 컴퓨터는 더이상 어려운 컴퓨터 언어를 알아야만 다룰 수 있는 것이 아니어야 했으며, 조작은 직접적이면서도 쉽고 그 결과도 바로 눈으로 확인할 수 있어야 했다.

이러한 발전 위에서 벤 슈나이더만은 1980년대 초입에 드디어 개인적인 사용 환경 속에서 인간과 컴퓨터의 상호작용 방식을 다음과 같은 특성으로 정의할 수 있었다.

> 1. 원하는 객체의 지속적 재현. 2. 복잡한 컴퓨터 언어 대신 신체적 행동 혹은 라벨이 붙은 버튼을 누르기. 3. 원하는 객체에게 영향을 미치는 조작은 빠르게 증가하고, 동시에 되돌릴 수 있어야 하며, 그 결과는 즉각적으로 가시화되어야 함.[50]

'모든 이를 위한 컴퓨터'를 모토로 직접 조작의 시대가 시작된 것이다. 모니터 위에 보이는 아이콘들을 손으로 직접 다루는 것과 같은 마우스 조작은 그래픽 인터페이스라는 새로운 개념을 낳았다. 모니터는 이제 인간과 컴퓨터가 만나는 장소가 되었으며, 동시에 현실 세계와 가상세계가 만나는 단면이기도 했다. 이렇게 인터페이스가 발전하면서, 인간에게 컴퓨터의 모습은 모니터 위의 화면으로 축소되었다. 컴퓨터 본체인 하드웨어는 모니터가 보여주는 사용자 친화적 환경 뒤로 사라진 것이다. 이러한 현상은 기술 발달과 함께 점점 더 가속화되어, (새삼 믿기 어렵지만) 퍼스널 컴퓨터가 낡은 매체가 되어버린 우리 시대에는 '스마트한' 모바일 커뮤니케이션 기기의 작은 화면들이 늘 몸에 지닐 수 있는 가상세계 통로가 되고 있다.

상호작용의 세번째 단계: 위임의 시기

모니터상의 객체를 직접 선택하고 활성화한다는 직접 조작의 콘셉트는 1990년대 초반에 월드와이드웹의 등장과 인터넷 서비스의 빠른 보급으로 양가적인 상황에 놓인다. 한편으로는 그래픽으로 지원되는 사용자 환경과 마우스의 사용으로 대표되는 직접 조작 방식은 컴퓨터 사용에 없어서는 안 되는 필수 요소가 되었다. 하이퍼텍스트 시스템에서도 직접적인 조작 없이 텍스트를 읽고 쓰며, 편집하고, 선택한다는 것은 상상하기 어렵다. 마우스 클릭으로 링크가 작동하는 것은 바로 직접 조작이 발전해온 역사의 일부분이기도 했다. 그러나 다른 한편으로, 퍼스널 컴퓨터가 구성한 개인적 세계를 넘어서서 그 너머의 고도로 복잡한 네트워크로 진입하려면, 활성화되기만을 기다리는 아이콘의 수동적 반응 이상의 진화된 상호작용이 필요했다. 즉 이제 우리는 컴퓨터 쪽에서 주도권을 쥐기를 기대하게 된 것이다.

가장 먼저 등장한 새로운 기능은 '에이전트'이다.[51] 상호작용 개념의 반대편에 있는 인공지능 영역으로부터 도입한 이 에이전트 소프트웨어는 과부하 상태에 빠진 사용자에게서 일과 정보를 '덜어주고' 복잡한 과제를 단순화하는 기능을 한다. 직접 조작 시기에 비활성화되었던 릭라이더의 컴퓨터 '동료'가 우리에게 다시 돌아온 것이다. 이 동료는 쏟아져 들어오는 이메일을 걸러주고, 스케줄을 체크하고, 이벤트 알림음을 보내며, 외국어를 자동 번역하고, 음악을 선곡하고, 배경화면을 바꾸어주기도 하고, 이번 주 전 세계의 베스트셀러를 알려준다. 그리고 무엇보다 운영체계에 숨어들어온 바이러스를 경고하고 치료하며, 컴퓨터 시스템을 업그레이드해주기도 한다. 특히 이 시기의 운영체계는 더욱 단순화된 그래픽 인터페이스와 복잡한 기능을 생략한 프로그램들이 특징이며, 이것은 한편으로 모든 것을 혼자서 확인하고 통제해야 했던 직접 조작 시기에 비해 사용자의 짐을 덜어주는 방향으로 이해되었다.

한마디로 세번째 단계의 상호작용 콘셉트는 컴퓨터가 사용자의 관심이나 이해에 따라 여러 과제를 대신 수행하는 퍼스널 어시스턴트임을 강조한다. 컴퓨터 사용의 키워드는 '국가 안보' 또는 '인간 지력 강화'보다는, 단순한 '즐거움'과 '효율성'이다. 복잡한 기능은 감추고, 사용자가 잘못 건드려서 시스템 에러가 날 수 있는 부분들은 차단되어, 늘 사용해도 무탈한 단순 기능만 사용하도록 했으며, 이를 통해 컴퓨터는 개인 사용에 최적화된 일종의 엔터테인먼트 도구로서 제공되었다.(여기서 우리는 '창조적인 부분은 인간이 맡고, 반복적인 부분을 기계가 맡는다'는 최초의 상호작용 콘셉트를 떠올리며 다소 의아해질 수 있다.) 또한 사용자가 단독으로만 일을 수행하는 것이 아니라 필요할 경우 여러 명이 동시에 참여할 수 있도록 도와주기도 하는데, 이것은 전 단계에 만들어진 인터페이스를 더욱 확장하여 '인터스페이스Interspace'를 탄생시켰으며, 다수의 인간 참여자와 에이전트들이 만나는 장소가 되었다.

이러한 에이전트들은 종종 인간 참여자가 지정하거나 선호하는 시각적인 외형을 가지고 등장하기도 하는데, 바로 이 시기에 특징적인 두번째 기능이 '아바타Avatar'다. 현재 특히 컴퓨터 롤플레잉 게임의 영역에서 발전하고 있는 아바타는, 원래는 힌두교에서 신이 인간의 모습으로 현현顯現하는 것을 뜻하는 용어였으나, 컴퓨터 네트워크 시대에 들어와 "커뮤니케이션 상대자의 가상적인 등장"을 뜻하는 말이 되었다.[52] 아바타는 가상공간에서 사용자 대신 등장하지만, 사용자의 특성을 어느 정도 가지고 있으면서, 동시에 각 프로그램에 특화된 계산 및 정보처리 능력, 혹은 과제와 단계에 따라 부여되는 게임상의 능력들을 가지고 나타나기도 한다. 즉 가상현실에서 아바타는 사용자의 모습과 컴퓨터의 수행능력을 통합하여 재현하는 것이다.

그러나 동시에, 에이전트와 아바타가 등장하고, 컴퓨터 운영체계에서 어려운 기능은 차단되며, 모니터는 단순한 아이콘으로 가득 채워지는 이 발전 방향은 사용자를 점점 더 '사용자 환상'에 빠지게 하는 길이기도 했다. 사용자 환상이란, 사용자가 컴퓨터를 단순히 '사용'하면서, 자신이 이 시스템을 '통제'하고 있다고 믿는 환상이다. 사실 우리는 이 시스템에 대해서 조금도 이해하지 못한다는 것이 진실에 가깝다. 볼츠는 우리 시대가 이러한 사실을 인정하는 것이 조금도 부끄럽지 않은 시대라고 언급한다. 자동차 보닛 속에서 무슨 일이 일어나는지 모두 이해하고 자동차를 운전하는 사람이 얼마나 있겠는가?[53] 문제는 자동차와 달리 우리가 컴퓨터 시스템에 대해서 전혀 모른다는 사실을 잘 인지하지 못한다는 것이다. 소프트웨어 에이전트들은 쉽게 설치 가능하고 또 삭제할 수 있지만, 그 프로그램의 생성이나 변화 코드에 대해서는 일반 사용자들이 접근할 수 없도록 닫혀 있다. 만약 우리에게 적대적으로 개발된 에이전트들이 있다면 어떨까? 이런 에이전트들도 존재한다. 바로 백신이 마련되지 않은 악성 코드나 스파이프로그램, 바이러스프로그램 등이며, 이것들이 컴퓨터 시스템을 공격한다면 보통의 사용자들은 무력할 수밖에 없다.

이렇게 본다면, 상호작용 개념의 발전사는 사용자 친화성을 신장시킨다는 명분하에 사용자를 시스템의 근원코드로부터 소외시키는 방향으로 발전되었음을 확인할 수 있다. 마찬가지로 프로그래머/작가와 사용자/독자의 거리는 디지털 매체의 발전과 함께 점점 더 가까워지는 것이 아니라 점점 더 멀어지고 있다.

하이퍼텍스트 문학에서의 상호작용성

컴퓨터와의 '대화'를 목표로 한 최초의 발전 단계로부터 '직접 조작', 그리고 '위임' 단계에 이르기까지 상호작용성의 콘셉트는 우선적으로 '인간과 컴퓨터의 협력'이라는 비전을 중심에 두고 발전되었다. 하이퍼텍스트 구조는 디지털 매체의 특성과 상호작용적 콘셉트를 구축하기에 매우 적합한 것으로 여겨졌으며, 따라서 하이퍼텍스트의 역사와 상호텍스트 개념의 발달사는 종종 겹친다. 바로 이러한 근본적인 동기가 새로운 매체예술의 형식을 구성하는 데도 많은 영향을 주었다.

하이퍼텍스트로 이루어진 초기 작품들을 보면 독자가 직접 선택할 수 있는 가능성의 극대화에 가장 중점을 두었음을 알 수 있다. 예를 들면, 1996년도에 인터넷에 등장한 "프로토타입의 인터랙티브 스토리" 『공동주거를 위한 대화WG-Gespräche』[54]는 하나의 매듭에서 여러 갈래로 갈라지는 전형적인 나무구조를 가지고 있는데, 여기서 각 매듭은 독자를 여러 가능성 중 하나를 '결정하는 자'로 만들어준다. 『공동주거를 위한 대화』는 처음부터 '인터넷에서의 상호작용적이고 공동창작적인 글쓰기'라는 대학 수업을 위해 표본으로 만들어졌기 때문에, 독자가 다음 이야기 진행에 결정권을 갖는다는 당시 하이퍼텍스트 문학의 모토에 아주 충실하게 짜여졌다. 새로운 매체에서의 독서가 어떻게 독자의 선택에 의해 단계적으로 진행되는지 교과서적으로 보여주는 것이다. 그러나 동시에 이 작품은 상상력을 자극하지 않는 하이퍼텍스트 문학에서 기계적으로 계속되는 선택행위를 통해 어떻게 독자가 최초의 흥미를 빠르게 잃는지 보여주는 사례도 되었다. 이 이야기를 나무구조를 가진 하이퍼픽션의 대표적인 모델로 소개하는 베아트 수터도 공동주거 형태의 방을 찾아다니는 1023개나 되는 서로 다른 버전을 과연 그 누가 십여 번의 선택 이후에도 읽을 수 있겠는가 질문하고 있다.[55] 물론 읽고 싶은지는 접어두고도 말이다. 이런 '부작용'은 유감스럽게도 많은 하이퍼텍스트 문학에서 찾아볼 수 있는데, 이들이 다른 관점에서는 제법 흥미롭게 구성되었을 경우에도 그렇다. 독자가 많은 링크 중 하나를 선택하기 전에 그래야 하는 충분한 동기를 가지고 있어야 한다는 점은 간과되기 쉬운데, 특히 독자가 그 자리에 왜 링크가 있어야 하는지 이유를 모르는 상황에서 이러한 약점은 치명적이다.

따라서 상호작용적 미학은 늘 선택해야 하는 독서행위에 활력을 주기 위해 부분적인 자동화를 요구한다. 이러한 발전 방향은 상호작용성 개념의 발달사에서도 확인 가능하다. '컴퓨터와의 대화'를 꿈꾸었던 최초의 유토피아적 희망은 곧 일상적 작동방식에서의 '질문하기'와 '대답하기' 형태로 바뀌고, 그뒤로는 사용자가 화면 위에 대기하고 있는 객체를 직접 조작할 수 있는 시기가 뒤따랐지만, 그후의 발달 단계에서는 사용자가 처리해야 할 일을 자발적으로 가져가는 에이전트 프로그램과 소프트로봇 Soft-Robot이 등장한 것이다.[56] 이 에이전트들은 사용자의 작업을 단축하거나 자동화한다. 이 단계에서 상호작용성은 지금까지 대립한 인공지능 개념을 부분적으로 흡수하는데, 점점 더 복잡해지는 사용자 환경에서 컴퓨터의 이러한 능동적 개입은 필수 요소로 여겨졌다. 마찬가지로 하이퍼텍스트 문학에서도 화면 위에서 독자의 선택만 기다리는 텍스트 더미들을 잘 연결하는 것이 전부가 아니라, 적극적으로 '독자에게 말 걸기' 기능을 텍스트에 부여하는 것이 중요해졌다. 이는 독자가 더이상 결정하거나 통제할 수 없는 자동화를 의미하기 때문에 하이퍼텍스트 문학이 일반적으로 지향하는 '선택과 조합'의 상호작용 원칙과는 반대 방향을 보여준다.

상호작용성을 위한 첫번째 전략: 자동화와 장면화

거의 '고전적'이라고 불릴 만한 예는 미국 하이퍼픽션의 선구자 중 한 명인 마크 아메리카의 1997년작 『그라마트론Grammatron』[57]이다. 첫 페이지에 들어가보면, 독자는 '광역 주파수대High Bandwidth'와 '저역 주파수대Low Bandwidth' 사이에서 하나를 선택할 수 있으며, 이 결정에 따라 서로 다른 읽기 경험을 한다. 첫번째를 선택하면 '인터페이싱Interfacing'으로 넘어가 텍스트는 그래픽, 음악, 내레이션과 함께 자동으로 변환하며, 미리 정해진 시간에 따라 움직인다. 그렇기 때문에 글을 다 읽지 못하면 기다렸다가 처음으로 돌아갈 수밖에 없다. 두번째를 선택하면 '에이브 골램Abe Golam'이란 표제어로 페이지가 넘어가고, 앞의 것과 동일한 텍스트가 이번에는 전통적인 하이퍼픽션의 형태(바탕화면을 채운 링크된 텍스트)로 나온다. 첫번째 '자동화된 페이지 넘김'은 당시 독자들에게 신선한 기법으로 받아들여졌고, 특히 작품을 처음 대할 때 기본 정보들을 알아내기 위해 모든 링크를 하나하나 클릭해야 하는 독자의 수고를 덜어주었다.

이러한 부분적 자동화는 특히 하이퍼픽션 장르에 효과적으로 삽입될 수 있는데, 문자와 텍스트로만 이루어진 수자네 베르켄헤거의 『폭탄을 위한 시간Zeit für die Bombe』(1997)[58]에서부터 멀티미디어 팝업으로 기획된 에스테 훈치커와 펠릭스 츠빈덴의 『북쪽Nord』(2003)[59]에 이르기까지 다양한 스펙트럼을 보이고 있다. 이러한 자동화 기법은 2000년대 이후에는 예술적 구성을 좀더 강조하는 장면화Inszenierung 기법으로 발전한다.

디지털 매체의 장면화는 드라마 영역에서 빌려온 용어로, 하이퍼텍스트에 내재된 일종의 자동화된 퍼포먼스 프로그래밍을 의미한다.[60] 기술적으로는 플래시 프로그램이나 자바 스크립트를 많이 사용하는데, 이러한 퍼포먼스는 보이지 않게 숨어 있다가 독자가 화면에서 특정 대상을 마우스로 스치거나 클릭할 때 활성화된다. 마치 배우들이 연출가가 정한 신호에 따라 무대에 등장하고 퇴장하듯이, 문자나 이미지, 애니메이션과 소리 들이 데이터 형식으로 하이퍼텍스트의 원본 속에 삽입되어 있다가 나타나고 사라진다. 이때의 주인공은 작가가 세심하게 선정한 하나의 단어일 수도 있고 다매체적으로 구현된 버라이어티쇼가 될 수도 있다. 이들은 독자의 의식적 혹은 무의식적 행위에 따라 활성화될 수도 있고 나오지 못한 채로 지나가버릴 수도 있어서, 독자 스스로의 행위에 의해 결정되는 상호작용적 효과로 분류될 수 있다. 이러한 장면화의 등장은 이제 디지털 문학의 중심이 점차 하이퍼텍스트에서 하이퍼미디어로 이동하고 있음을 의미하기도 한다. 하이퍼미디어의 작가는 이제 여기저기 밑줄 그은 텍스트들을 한번 연결해보라고 독자에게 내놓는 것이 아니라, 수많은 놀라움을 숨겨놓은 멀티미디어 선물꾸러미를 선사하는 것이다.

연극적 기법의 디지털 장면화가 어떻게 텍스트에 능동적 성격을 부여할 수 있는지는 베르켄헤거가 1999년에 내놓은 하이퍼픽션 『도와줘! 네 개의 목구멍으로부터의 하이퍼텍스트Hilfe! Ein Hypertext aus vier Kehlen』[61]에서 성공적으로 살펴볼 수 있다. 독일어권 하이퍼텍스트 문학의 대표 작가인 베르켄헤거는, 첫 작품 『폭탄을 위한 시간』으로 1997년 독일 『디 차이트』 신문사와 IBM이 공동 주최한 제2회 하이퍼텍스트 문학상을 수상하면서 이름을 알리기 시작했다. 이 작품이 링크된 텍스트들만 사용함으로써 "순수 하이퍼픽션Hyperfiktion pur"이라는 별칭을 얻은 것과는 달리 이후에 내놓은 하이퍼픽션들은 기술적으로 고도로 세련된, 변형된 작품들이 주를 이루고 있다. 특히 『도와줘! 네 개의 목구멍으로부터의 하이퍼텍스트』는 자바 스크립트를 이용한 팝업창으로 컴퓨터 화면을 마치 연극무대처럼 연출한다. 첫 페이지를 열면, 네 개의 작은 브라우저 창이 연극의 인물들처럼 차례대로 등장한다. 서로 다른 색을 지닌 이 창들은 실제로 작품 속에 등장하는 네 명의 인물(레아, 피아, 에드, 막스)을 각각 대변한다. 또 한 명의 등장인물인 조는 첫 장면에서 비행기 창밖으로 던져졌다는 설명이 나오고, 이런 이유로 팝업창으로는 등장하지 않는다. 이 때문에 첫 장면에서 네 개의 작은 창문은 시각적으로 가상의 무대 위에 설치된 비행기 창문을 연상시킨다. 이제 네 명의 인물

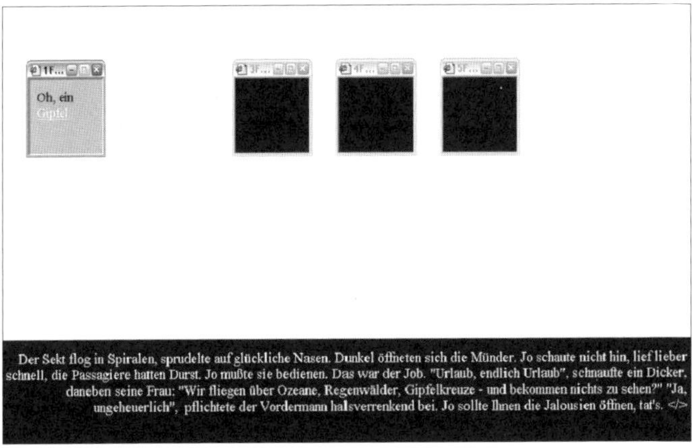

『도와줘! 네 개의 목구멍으로부터의 하이퍼텍스트』 중 한 장면의 스크린샷. 네 개의 팝업창은 등장인물 네 명의 속마음을 각각 대변하고 있다.

은 팝업창을 통해 속마음이나 감정을 드러내면서 이야기를 끌어나가는데, 작은 창 안에는 링크가 걸려 있는 단어가 있어 하이퍼픽션의 선택과 조합의 원칙을 가능하게 하지만, 여기서의 장면화 기법은 단순히 밑줄 그어진 단어를 따라가는 독서 이상의 것을 제공한다. 네 명의 인물은 고정된 성격을 가지고 있는 것이 아니라 독자의 선택 순서에 따라 조금씩 변화하며, 다섯번째 인물인 조의 성별도 독자의 선택 순서에 따라 바뀌는데, 독자가 이를 알아챌 수 있도록 이야기는 조금씩 달라지며 계속 반복 순환한다. 흥미로운 점은 독자의 개입에 대해 이들 등장인물이 서로 다르게 반응한다는 점인데, 독자가 어떤 선택을 할 때마다 마치 이들의 시점으로 관찰되는 느낌을 받도록 연출된 것이다. "독자는 마음 내키는 대로 마우스를 클릭해서 스스로를 연인이나 적, 예찬자나 모욕을 당한 자로 만들 수 있다."[62] 네 개의 팝업창은

『끝없는 사랑』 중 한 장면의 스크린샷. 하이퍼픽션에서도 텍스트보다 이미지가 강화되고 있음을 확인할 수 있다.

독자를 유혹하거나 아부하고, 또는 욕설을 퍼붓거나 화를 내기도 하면서 독자의 관심을 자신에게 돌리기 위해 노력하는 모습을 보인다.[63] 마치 독자가 자신의 팝업창에 있는 링크를 선택해 주기를 바라는 것 같은 인상을 주며, 인공지능에서나 가능할 법한 '개성'을 보여주는 것이다. 이를 통해 이 작품은 독자를 적극적으로 이야기의 줄거리 안으로 끌어들이는데, 여기에서 활성화된 텍스트의 능동성은 독자를 작품으로 초대하는 상호작용적 장면화 기법의 중심 기능이 된다.

이러한 장면화가 잘 드러나는 또다른 작품으로는, 하이퍼픽션을 이미지와 소리로 가득찬 '온라인 뮤지컬'로 기획한 프랑크 클뢰트겐의 『끝없는 사랑Endlose Liebe-Endless Love』(2005)[64]을 들 수 있다. 이 작품에서 텍스트가 자리해야 할 화면은 드라마를 위한 무대로 바뀌는데, 그래픽으로 표현된 인물들은 무대 위로 간략한 텍스트와 함께 등장하며 자신만의 팝업창으로 장면화된다. 무대를 꾸미는 소도구는 마우스를 클릭해 재배치할 수 있고, 첫 페이지의 "누가 누구를 사랑하는가"라는 문장에서 인물을 선택해 넣을 수 있다는 점에서 하이퍼픽션의 트레이드마크인 독자의 참여 가능성은 아직 남아 있다. 그렇지만 이전의 하이퍼픽션과 비교해보면, 텍스트 조합을 통한 다양한 내러티브 전개라는 대표적인 장르 특성은 크게 줄어들고, 그 대신 멀티미디어 쇼처럼 진행되는 무대극의 성격이 강화되었음을 관찰할 수 있다.

상호작용성을 위한 두번째 전략: 균열과 성찰

두번째 상호작용적 전략은 하이퍼텍스트 문학이 독자를 작품 안으로 기꺼이 참여하도록 끌어들일 뿐만 아니라 이를 넘어서서 작품에 대한 성찰을 가능하게 하는 것이다. 앞서 설명한 첫번째 전략은 하이퍼텍스트 문학이 독자에게 제대로 말을 걸 수 있기 위해서, 독자가 텍스트에 대해 한편으로는 능동적이고 한편으로는 수동적인 수용을 오갈 수 있도록 장면화를 조직해야 한다는 것이었다. 장면화가 빈틈없이 제대로 작동하는 한, 여기에서는 몰입Immersion/Eintauchen 현상이 일어난다. 몰입은 상호작용과 관련된 논의에서 가장 주목받은 개념 중 하나로, 작품과의 매끄러운 상호작용을 통해 독자는 작품이 만들어낸 세계 속으로 빠져드는 체험을 한다. 특히 디지털 매체에서는 매체가 만든 가상 공간으로 수용자가 실제로 들어가는 듯한 직접성이 강조된다.[65]

그러나 때때로 장면화에 쓰이는 자동화 기법은 예기치 않은 효과를 낳기도 하는데, 그것은 언제나 가능할 것이라고 여겼던 독자의 개입 기회가 사라져버림으로써 짧은 순간 매체의 본질에 대한 각성의 기회가 된다는 점이다. 자동화된 처리와 함께 다시 시야로 들어오는 것은 다름 아닌 그동안 눈에 뜨이지 않았던 디지털 매체 특유의 작동방식이다. 즉 실제로 사용자나 독자는 작품에 어떠한 본질적인 영향력도 행사할 수 없다는 것인데, 이와 함께 지금까지의 상호작용 경험도 근본적으로는 텍스트/컴퓨터와의 진짜 상호작용이 아닌 '사용자 환상'[66]임이 드러난다. 독자의 선택에 따른 텍스트/컴퓨터의 모든 반응은 이미 작가/프로그래머가 프로그램화한 결과일 뿐이다.

디지털 문학이 보여주는 이러한 면모는 전혀 실망스러운 것이 아니며, 오히려 매체의 본질에 대해 성찰하는 소중한 기회가 될 수 있다. 본래 예술의 역할은 주어진 현실을 비틀어, 당연하게 여겨졌던 비가시적인 것을 가시적으로 만드는 데 있지 않았던가? 이러한 성찰의 순간은 매체에 대한 예술적 시선을 강화하기 위해 전략적으로 강조될 수 있는데, 여기서 매체의 작동방식 자체가 작품의 주제가 되도록 능동적이지 못한 면을 오히려 극대화하는 방법을 제안할 수 있다.

동시에 하이퍼텍스트 문학에서 상호작용성의 테마도 미학적 확장이 가능하다. 초기 고안되었던 '컴퓨터와의 대화'라는 이상적인 상호작용성의 개념과 면밀히 비교해보면, 우리가 현재 경험하는 디지털 매체와의 상호작용이란 실제로는 환상에 불과하다는 점이 쉽게 드러난다. 독자/사용자는 매체의 표면 위에서만 머물 뿐, 텍스트/시스템에는 아무런 영향을 줄 수 없다. 일상이 되어버린 컴퓨터와의 '가상적' 상호작용은 이 때문에 시스템의 오류가 발생했을 경우에만 진정한 상호작용을 허락하지 않는 디지털 매체의 속성을 드러내준다. 말을 듣지 않는 마우스, 움직이지 않는 커서, 입력되지 않는 키, 활성화되지 않는 창, 갑자기 나타난 경고창과 파란 화면! 이때 매체 수용에 있어 독자의 몰입감에도 작은 균열이 생기는 것이다. 이러한 균열, 상호작용의 '빈 공간'[67]을 예술적으로 형상화하는 작업은 평소에는 매끄럽게 진행되는 상호작용이 사실상 허상임을 독자에게 폭로한다.

디지털 문학의 상호작용성에 대한 이론에서 지금까지 쉽게 간과된 사실은 작가나 프로그래머가 어느 정도까지 상호작용을 수용자에게 허용할지 창작 단계에서 이미 정해놓는다는 점이다. 이 때문에 작가가 의식적으로 제한한 상호작용성을 통해서 이러한 짧은 성찰의 순간을 경험할 수 있다. 예를 들면, 다양한 크기와 형태의 텍스트들이 서로 겹치며 등장하는 니콜라이 포겔의 〈세계문학의 독서 가능성Die Lesbarkeit der Weltliteratur〉(2002 – 2004)[68]은 수용자에게 자신이 현재 '작품과 상호작용하고 있지 않다'는 사실을 집중적으로 보여준다.

기존 디지털 문학의 어떤 장르로도 분류하기 어려운 이 작품의 첫 페이지에서 독자는 차례로 나타나는 여러 텍스트를 대면한다. 이들은 "세계문학의 경전"들에서 인용한 것으로 모든 텍스트는 상호텍스트적으로 "관계하고"[69] 있는데, 이 작품의 경우 은유적인 의미뿐 아니라 물리적인 의미에서도 그렇다. 오래 지나지 않아 여기에서는 정말로 "독서 가능성"이 문제가 된다는 것이 밝혀지는데, 서로 다른 폰트와 크기와 색을 가진 텍스트의 조각들은 점점 더 서로 겹쳐져, 텍스트를 읽을 수 있는 가능성은 점점 더 줄어든다. 물론 독자들은 이 작품에서도 몇 가지 기능을 선택하여 텍스트들을 조작할 수 있다. 어디까지나 하이퍼텍스트 문학의 모토에 맞추어서 말이다. 독자가 선택할 수 있는 기능은 다음과 같다. 텍스트의 제목을 나타나게 한다거나, 텍스트 색을 천연색으로 혹은 흑백으로 바꾼다거나, 작품에 대한 몇몇 메모를 열어서 읽어본다거나. 그러나 이러한 기능들은 텍스트의 가독성 개선에는 조금도 도움이 되지 않는 것들이다. 독자는 수없이 나타나 겹치는 텍스트들에 직접 개입해서 그 위치를 옮기거나 크기를 조정할 수 없다. 무언가를 읽기 위해서는 가장 시급한 조작이지만, 이것은 작가가 제공한 선택 가능성 밖에 놓여 있기 때문이다.[70] 시간이 지날수록 독서는 쉬지 않고 나타나는 텍스트의 겹침으로 완전히 불가능해진다. 독자가 이 텍스트들을 "독서 가능하게" 만들고자 한다면 미리 프로그램화된 대상에 무력감을 느끼고 혼란스러워질 것이다. 이렇게 상호작용성 부재를 통해 이 작품에서 테마가 되는 것은 상호작용성 그 자체다. 작품 안으로 들어가지 못하고 밖에 튕겨 나온 듯한, 기대하지 않았던 몰입의 갑작스러운 중단이 독자에게 매체의 특성을 성찰하도록 이끌기 때문이다. 이렇게 이 작품은 "독서 가능성과 불가능성에 대한 흥미로운 파놉티콘"[71]이 되며, 우리의 주제에서는 "몰입과 탈몰입Des-Immersion" "침잠하기Eintauchen와 다시 떠오르기Auftauchen"에 대한 파놉티콘으로 기능할 수 있다.

이보다 더 극단적인 사용자 환상과의 단절은 아드리안 바르트

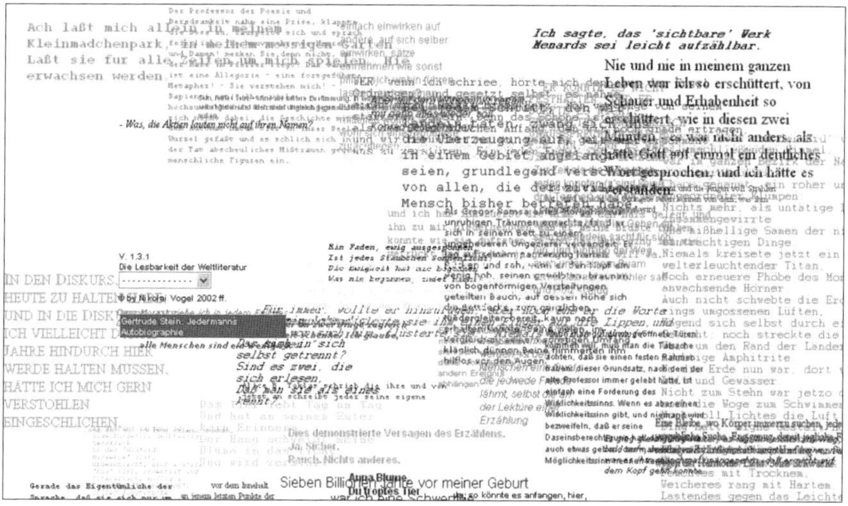

〈세계문학의 독서 가능성〉의 스크린샷. 독자는 독서가 진행될수록 독서가 불가능해지는 상황에 처한다.

의 소프트웨어 예술인 〈자동 일러스트레이터Auto-Illustrator〉(2001)[72]가 '의도된 오작동'이라는 흥미로운 방식을 통해서 보여주고 있다. 이 프로그램은 첫눈에 보기에는 대중화된 드로잉 프로그램인 어도비 일러스트레이터Adobe Illustrator와 매우 유사한 인터페이스를 가지고 있는 평범한 그래픽 툴이다. 그러나 프로그램을 실행하고 기능을 고르면 프로그램은 사용자의 기대와 전혀 다른 명령을 실행한다. 곧 "누가 이 인간-컴퓨터 관계에서 창조적인 파트를 맡고 있는지가 분명해진다."[73]

이 소프트웨어는 대기업이 표준화한 활용방식을 '정확하지 않게' 적용함으로써 오히려 사용자를 통제한다. 사용자에게는 프로그램에 대한 통제권을 잡을 기회가 전혀 주어지지 않는데, 왜냐하면 사용자는 모니터 위에서 일어나는 일과 이로 인해 유발된 처리과정과의 관계를 이해할 수 없기 때문이다.[74]

바로 이 프로젝트는 인간에게 창조적인 부분을, 그리고 컴퓨터에게 기계적으로 반복되는 일을 처리하도록 한 이상적인 상호작용성의 근본이념을 냉소적으로 비틀어보았다는 의의를 갖는다. 왜냐하면 그렇게 함으로써 현 단계의 상호작용이 정확히 그 반대로 이루어지고 있음을 폭로하기 때문이다. 이러한 종류의 프로젝트는 디지털 문화의 맨 얼굴을 드러낸다고 할 수 있다. 민낯이 보여주는 사실은, 고도로 기술화된 디지털 매체의 환경에서 단순한 사용자는 '편리함'을 위해 '도구의 장악력'을 포기할 수밖에 없다는 것이다. 쉽게 사용할 수 있으려면 그 아래에서 일어나는 일에 대해서는 굳이 알려고 하지 않아야 하며, 사용자에게 허용된 표면 위에만 머물러 있어야 한다.

문제는, 아이콘을 마우스로 조작해서 명령을 실행하는 그래픽 유저 인터페이스에 기반을 둔 사용자 친화적 환경이 마치 사용자가 시스템을 모두 통제하는 듯한 인상을 주면서 이러한 사실을 쉽게 은폐한다는 점이다. 이러한 상황에서, 〈자동 일러스트레이터〉에서 의도된 오작동은 사용자에게 친숙한 환경을 갑자기 낯설게 하고, 이에 따라 하비투스화되어 있는 매체 사용방식을 균열시킨다. 결국에는 매체가 전달하는 내용이 아닌 매체 자체를 관찰하도록 만든다. 이는 단지 소비하면서 수용하는 태도와는 분명히 구별된다. 이러한 인식의 지점이 다시금 우리에게 온

통 가상적 효과에 가려 있는 전체 디지털 세계의 보이지 않는 매체성에 대해 숙고하는 출발점으로 기능할 수도 있는 것이다. 여기서 프로그램의 오작동으로 생성된 몰입의 '빈 공간'은 수용자를 위한 공간으로 탈바꿈한다.

한 발 더 나아간다면, 우리는 드디어 컴퓨터 바이러스에 대해서, 다시 말하면 컴퓨터 바이러스가 가지고 있는 선동적이며 파괴적인 미학에 대해서도 언급할 수 있다. 컴퓨터 바이러스는 미학적 측면에서 보자면 양가적 역할을 가진다고 할 수 있다. 우선, 현 단계의 상호작용성 콘셉트가 스스로 부정적 측면을 드러낸 것으로 이해되는데, 왜냐하면 컴퓨터 바이러스란 결국 적대적으로 설치된 에이전트 프로그램/소프트로봇에 다름 아니기 때문이다. 컴퓨터 사용의 도우미나 충실한 개인비서로만 여겨졌던 이들 에이전트 소프트웨어는 이제 악의를 가지고 우리 시스템에 침투하는 스파이웨어나 그레이웨어, 악성코드라는 위협적 이름도 가지게 되었다. 사용자의 컴퓨터 시스템을 단기간에 무력화하는 악명 높은 '파괴자'로서 이들 바이러스는 인간에 대한 기계의 반란이라는,[75] 항상 반복된 문학적 토포스의 디지털 버전이기도 했다.

그러나 다른 한편으로 바이러스는 기술이 발달할수록 공고해지는 생산자와 수용자 사이의 경계선을 전복하는 유일한 사례로 여겨진다. 인간과 컴퓨터 혹은 생산자와 수용자가 서로 가까워지는 것을 목표로 기술이 발달할수록, 이것은 매체의 표면 위에서만 그러하며, 그뒤에 놓여 있는 기술적 간격은 점점 더 커져왔던 것이다.[76] 마지막 단계에서 우리는 "사용자 친화적인" 환경

이면에 있는 극단적인—매체학자 프리드리히 키틀러가 "숨겨진 코드"[77]라고 명명한 '기술력'에 의해 나누어진—양극화를 본다. 치명적 바이러스의 생산과 유포는 이러한 코드를 잠시나마 무력화한다. 이렇듯 바이러스는 표준화된 기준으로부터, 일상화된 은폐로부터 매우 과격한 방식으로 이탈하고 도주하려는 행위이다. 다른 한편으로 역사 속에서 예술과 문학이 수행한 역할 또한 이러한 이탈 행위였다는 점을 상기할 때, 우리는 바이러스와 미학의 접점을 발견할 수 있다.[78]

따라서 우리는 컴퓨터 바이러스가 가진 치명적 기능을 디지털 문학의 미학적 형상화에 포함할 수 있는 가능성을 얻는다.[79] 프로그램 내부에서 오작동을 단순히 시뮬레이션하는 것이 아닌, 컴퓨터 시스템 자체를 통제 밖으로 몰아내고, 네트워크를 통해 계속 자기복제되는 바이러스 미학은 디지털 매체가 가진 가상적 투명성을 겨냥하고 있다.

네덜란드에서 활동하는 넷아티스트 듀오 요디Jodi(요안 헤임스커르크, 디르크 파스만스)가 선동적으로 연출한 프로그램인 〈오스Oss〉(1999)[80]와 〈컨트롤 스페이스CTRL Space〉(1999)[81]는 독자가 가진 컴퓨터에 침투해 잠시 동안 시스템을 마비시킨다. 〈오스〉는 작은 검은색 팝업창을 모니터 위로 끝없이 증식시키며, 〈컨트롤 스페이스〉는 이 프로그램을 여는 순간, 상호작용성의 절대적 정언명령인 마우스 클릭을 전혀 작동하지 않도록 무력화시킨다.

이러한 바이러스의 파괴적 미학은 하이퍼픽션도 응용할 수 있다. 예를 들어 수자네 베르켄헤거는 2002년작 『수영선수

Schwimmmeisterin』[82]에서 하이퍼픽션의 선택과 조합이라는 원칙과 바이러스 효과를 교묘하게 혼합한다. 이 작품은 공공수영장에서의 수영과 가상 네트워크 안에서의 서핑에 대한 흥미로운 알레고리를 보여주는데, 그러나 그 안으로의 완전한 침잠, 즉 '몰입'은 어느 경우에도 일어나지 않는다. 여기에서는 무엇보다도 하이퍼텍스트가 가진 작동적 상호작용성의 핵심, 즉 독자가 가진 선택의 자유가 사실은 매체 특성에 기인한 환상이라는 주제가 바로 바이러스 미학을 통해 형상화되어 있다. 작가에 의해서 의도적으로 설치되는 바이러스는 독자가 무언가를 선택하려고 할 때마다 영향을 주는데, 이 때문에 하이퍼픽션의 선택 가능성은 이 작품에서는 전혀 주어지지 않은 것과 다름없다. 독일의 유력일간지 『프랑크푸르터 알게마이네 차이퉁』과의 인터뷰에서 베르켄헤거는 다음과 같이 설명한다.

> 독자는 물속으로 뛰어들지 말지 하는 여러 문제에서 자신의 결정을 내림으로써 이야기 구조에 영향을 행사할 수 있다. 그렇지만 그때 그는 전혀 의식하지 못한 채 'hai 75'라는 바이러스의 영향을 받는다. 독자는 스스로 선택 가능성을 가졌다고 믿지만 실제로는 통제권을 장악하는 두번째 마우스 커서에 속박되는 것이다.[83]

가장 급진적이고 압축된 아름다움을 보이는 '시적 바이러스'는 오스트리아 빈에서 활동하는 야로밀Jaromil의 치명적인 프로그램을 들 수 있다. 그의 작품 중 하나는 단지 열세 줄로 이루어진 초소형 프로그램이다. 그러나 이 초소형 프로그램은 유닉스 시스템에 설치할 경우 컴퓨터를 몇 초 만에 파멸시키고 만다. 시뮬레이션이 아니라 실제로! 야로밀 스스로는 이 프로그램을 "네트워크의 투과성을 추적하는 정치적이며 동시에 미학적인 반란"[84]으로 정의한다.

피상성 너머로의 시선

지금까지 디지털 문학의 상호작용성과 관련해서 두 가지 서로 다른 방향으로 발전되는 미학적 전략을 살펴보았다. 하나는, 부분적인 자동화와 장면화를 통해 독자에게 적극적인 말 걸기를 시도하는 전략이다. 이러한 전략은 수용자가 가상적으로 제시된 미적 효과를 가능한 한 '빈틈없이' 경험하도록 상호작용에 대한 환상을 더욱 효과적으로 시뮬레이션하는 것으로 표현할 수 있다. 이와는 반대로, 문제없이 매끄럽게 진행되는 몰입이 아니라 그 틈새와 빈 공간을 드러내고자 하는 것이 또다른 전략이다. 여기에서는 수용자가 드러난 공간을 자신의 상상으로 채우거나, 아니면 그 사이에서 매체 자체에 대한 생각을 발전시키도록 유도하는 것을 목표로 한다. 작품 창작의 측면에서 본다면, 처음의 전략은 기술적 완벽화를 통해 빈 공간을 메우는 시도이며, 그다음 전략은 낯설게 하기를 통해 오히려 빈 공간을 만들어내는 시도라고 이해할 수 있다.

어떠한 경우에도 우선적으로는 이러한 '틈새' '빈 공간' 혹은 '사이공간'을 발견하는 일이 전제가 된다는 점이 무엇보다 우리의 주의를 끈다. 왜냐하면 이것은 다시금 텍스트 내부의 미학적 여백을 중시하는 문예학적 전통과 연결되기 때문이다. 또한 동시에 앞서 살펴본 상호텍스트성과도 연결된다. 특히 상호작용성에서 디지털 문학의 미학적 전략은 결국에는 상호텍스트성의 미학과 마찬가지로, 매체 내부의 여백과 함께 성찰적 순간의 제공에 있다는 점이 확인된다. 그중에서도 가장 마지막에 소개한 바이러스 미학은 가장 강렬한 파괴적 성격을 띤다. 사용자에게 모든 편의와 통제력을 제공하는 것으로 보이는 디지털 매체의 '친절한' 표면을 순간적으로 균열시키고 사용자의 성찰을 이끌어내는 지점에서, 바이러스를 통한 미적 체험은 그 어떤 것보다 집중적이고 강렬하다. 생물계에서 바이러스 질병의 발생이 잘못된 방향의 발전을 교정하는 역할을 수행했듯이, 또한 이러한 질병이 역사적으로도 겉보기에 문제없어 보이는 사회적·정치적 답보상태의 세계를 혼란과 교란을 통해 결과적으로 발전시키는 계기가 되었듯이, 바이러스 미학은 사용자 환상과 사용자 친화성 사이에서 정체된 디지털 문학에 창조적 역할을 수행할 수 있는 가능성을 내포한다.

부설附設: 디지털 매체 시대의 신문 문예란

디지털 매체 시대에 가장 큰 위기를 겪는 전통적 매체는 무엇일까? 책과 신문일 것이다. 특히 이 두 영역이 겹치는 장소, 즉 책을 쓰는 작가들을 후원하며 오랜 기간 문학계와 함께 발전한 신문 문예란이 새로운 매체의 도전에 직면하여 현재 어떠한 변화를 겪고 있고, 또 이러한 위기를 어떻게 돌파하고자 시도하고 있는지 살펴보는 일은 흥미로울 것이다.

신문 문예란의 역사는 20세기 후반의 '디지털화'와 비견될 만한 19세기 후반 '문자화Literalisierung'의 광범위한 물결에서 비롯되었다. 문자화의 첫번째 동력은 기술 발달과 산업혁명이었다. 제지공장에는 대량생산을 가능하게 하는 윤전기가 보급되었고, 인쇄물을 유통하고 판매하는 상업망도 조밀해지기 시작했다. 대형 출판사들의 등장, 서점의 증가와 발행부수의 증가로 인한 가격 인하, 그리고 새로운 형태의 인쇄물 개발은 1869년과 1901년 사이에 서적과 신문의 판매가 크게 확장될 수 있었던 직접적인 원인이 되었다. 두번째 동력은 문화향유자로서 시민계급이 급속히 성장한 것이다. 경제적으로 성공을 이루며 부상하기 시작한 시민계급 내의 지각변동은 사회적 위치나 세계관에서뿐만 아니라,

교양과 예술의 영역에서도 관찰되었다. 경제적으로 부유해진 시민 독자층은 이들을 위한 상업적 문학시장이 새로이 생성될 만큼 문화적으로도 성장했던 것이다.[85] 이전 독자층과의 차이는 이들이 향유하는 문자매체들이 소수를 위한 것이 아니라, 다수를 위한 대중매체의 형태를 가지기 시작했다는 점이다.

따라서 당시 급진적으로 전개된 현대 문자매체의 기술 발달은 문자로 이루어진 가장 대표적인 예술양식인 문학의 기술과 수용, 그리고 그 내용에도 변화를 야기했다. 여기에서 주도매체의 대중화를 통한 수용자층의 각성과 자의식 획득이라는, 매체와 관련된 전형적인 문화현상이 관찰된다. 역사적으로 19세기 중반 독일에 처음 등장한 문예란은 곧 당시 가장 강력한 대중매체인 신문의 주요 부분으로 자리잡았고, 이때부터 형성된 문학시장에 매우 큰 영향을 끼쳤다. 초기 문예란의 기능은 크게 세 가지로 요약할 수 있는데, 첫번째는 연재물 형식을 빌린 문학작품의 발표장소가 되어 신진작가들의 등용문이 되었고, 또 기성작가들에게는 생활의 터전으로 기능했다. 이와 동시에 출간된 작품에 대한 서평과 비판이 실리면서 모든 작가에 대한 광고 혹은 견제의 장소도 되어주었다. 마지막으로는 삶의 철학, 문화, 예술, 학문과 기술을 비롯한 모든 주제에 대해서 문인들이 자유롭게 글을 쓰는 공간으로, 작가들에게는 지면 위에 존재하는 가상적 '문학 살롱' 역할을 하고, 독자에게는 세계에 대한 다양한 견해를 읽으며 교양을 쌓는 기회를 제공했다.

이 중에서도 첫번째 기능인 대중매체의 소설 연재는 초창기 문예란이 이루어낸 가장 큰 성과라고 볼 수 있다. 독일에서 문

Königlich privilegirte Berlinische Zeitung
von Staats- und gelehrten Sachen.

№ 69.
Mittwoch

den 22 März
1848.

Im Verlage Vossischer Erben. (Redakteur C. F. Lessing)

Vossische Zeitungs-Expedition in der breiten Straße No. 8.

Bitte an das Publikum.

Der Andrang zu unserer Zeitungs-Expedition ist so außerordentlich, daß wir ganz außer Stande sind den gerechten Forderungen des Publikums nur einigermaßen zu genügen, wenn nicht einige Ordnung dabei erhalten werden kann. Wir bitten daher dringend, uns dabei zu unterstützen, da wir heut nicht einmal allen hiesigen Abonnenten, geschweige den auswärtigen die Zeitungen richtig zugehn lassen konnten, trotz der Permanenz in der unsere Arbeiter und Druck-Anstalten beschäftigt sind. — Wir bitten unsre hiesigen und auswärtigen Abonnenten daher, in Berücksichtigung dieser ganz außerordentlichen Umstände, die etwaigen Versäumnisse entschuldigen zu wollen.

Alles was in unsern Officinen arbeitet, wird heut der feierlichen Bestattung beiwohnen. Eine heilige Pflicht, von der wir Niemand zurückhalten können noch wollen. Unsere Leser werden uns daher Nachsicht schenken, wenn wir unser Blatt nur auf die unerläßlichsten Mittheilungen beschränken.

An mein Volk und an die deutsche Nation.

Mit Vertrauen sprach der König vor fünfunddreißig Jahren in den Tagen hoher Gefahr zu seinem Volke, und sein Vertrauen ward nicht zu Schanden; der König mit seinem Volke vereint, rettete Preußen und Deutschland von Schmach und Erniedrigung.

Mit Vertrauen spreche Ich heute, im Augenblicke wo das Vaterland in höchster Gefahr schwebt, zu der deutschen Nation, unter dessen edelste Stämme mein Volk sich mit Stolz rechnen darf. Deutschland ist von innerer Gährung ergriffen und kann durch äußere Gefahr von mehr als einer Seite bedroht werden. Rettung aus dieser doppelten, dringenden Gefahr kann nur aus der innigsten Vereinigung der deutschen Fürsten und Völker unter einer Leitung hervorgehen.

Ich übernehme heute diese Leitung für die Tage der Gefahr. Mein Volk, das die Gefahr nicht scheut, wird Mich nicht verlassen und Deutschland wird sich Mir mit Vertrauen anschließen. Ich habe heute die alten deutschen Farben angenommen und Mich und Mein Volk unter das ehrwürdige Banner des deutschen Reiches gestellt. Preußen geht fortan in Deutschland auf.

Als Mittel und gesetzliches Organ, um im Vereine mit Meinem Volke zur Rettung und Beruhigung Deutschlands voranzugehen, bietet sich der auf den 2ten April bereits einberufene Landtag dar. Ich beabsichtige, in einer unverzüglich näher zu erwägenden Form, den Fürsten und Ständen Deutschlands die Gelegenheit zu eröffnen, mit Organen dieses Landtages zu einer gemeinschaftlichen Versammlung zusammenzutreten.

Die auf diese Weise zeitweilig sich bildende deutsche Stände-Versammlung wird in gemeinsamer, freier Berathung das Erforderliche in der gemeinsamen, inneren und äußeren Gefahr ohne Verzug vorkehren.

Was heute vor Allem Noth thut, ist

1) Aufstellung eines allgemeinen deutschen, volksthümlichen Bundesheeres,
2) bewaffnete Neutralitäts-Erklärung.

Solche vaterländische Rüstung und Erklärung werden Europa Achtung einflößen vor der Heiligkeit und Unverletzlichkeit des Gebietes deutscher Zunge und deutschen Namens. Nur Eintracht und Stärke vermögen heute den Frieden in unserem schönen, durch Handel und Gewerbe blühenden Gesammt-Vaterlande zu erhalten.

Gleichzeitig mit den Maaßregeln zur Abwendung der augenblicklichen Gefahr wird die deutsche Stände-Versammlung über die Wiedergeburt und Gründung eines neuen Deutschlands berathen, eines einigen, nicht einförmigen Deutschlands, einer Einheit in der Verschiedenheit, einer Einheit mit Freiheit.

Allgemeine Einführung wahrer constitutioneller Verfassungen, mit Verantwortlichkeit der Minister in allen Einzelstaaten, öffentliche und mündliche Rechtspflege, in Strafsachen auf Geschwornengerichte gestützt, gleiche politische und bürgerliche Rechte für alle religiöse Glaubens-Bekenntnisse und eine wahrhaft volksthümliche, freisinnige Verwaltung werden allein solche höhere und innere Einheit zu bewirken und zu befestigen im Stande sein.

Berlin, den 21sten März 1848.

Friedrich Wilhelm.

Graf Arnim. v. Rohr. Graf Schwerin. Bornemann.
v. Arnim. Kühne.

Ich habe heute den bisherigen Gesandten von Arnim zum Minister der auswärtigen Angelegenheiten ernannt, welche Verwaltung der Minister Graf von Arnim bisher vorläufig geführt hat. Bei dem nothwendigen Zusammenhange der allgemeinen deutschen mit den preußischen Verfassungs-Angelegenheiten übernimmt der Minister von Ar-

초창기 연재소설이 실렸던 신문 중 하나인 베를린 지역 신문 『포시셰 차이퉁Vossische Zeitung』의 첫 페이지.(1848년 3월 22일판)

예란이라는 말로 쓰인 프랑스어 '푀이통Feuilleton'86이 현재 프랑스에서는 '연재소설', 혹은 '연속극'을 뜻하는 말로 통용된다는 사실은 초창기 문예란의 연재물이 독자들에게 얼마나 인상적으로 작용했는지 잘 보여준다.

실제로 신문 문예란이 기틀을 잡았던 19세기 후반 리얼리즘 시대의 작가들은 작품을 먼저 신문에 여러 차례에 걸쳐 발표하고, 연재가 종료된 이후에 책으로 출판하는 것이 일반적이었으며, 이러한 방식으로 상당한 길이의 장편소설을 신문사의 경제적 지원을 받아 완성할 수 있었다. 또한 창작의 모티프도 신문기사의 주제이기도 한 당대의 사회현실에서 가져와 신문 독자층의 대중적 취향도 만족시킬 수 있었다. 바꾸어 말하면, 리얼리즘 시대를 기점으로 명실공히 현대의 중심 문학 장르로 자리잡은 장편소설은 점점 복잡해지는 현실의 모든 문제를 포괄적이면서도 객관적으로 묘사할 수 있다는 장점이 있었으며, 무엇보다 새롭게 등장한 신문 문예란 형식에 가장 적합했다. 장편소설이 새로 시작되는 '현대'의 시대정신에 부합했던 것이다. 이를 문화산업의 관점에서 보면, 새롭게 부상한 문학형식이 주도적인 매체 형식에 가장 적합한, 그리고 생산과 수용에도 가장 적합한 방식을 지향하고 있음을 알 수 있다.

이처럼 새로운 문학양식을 시대의 대표적 예술 장르로 자리매김하며 승승장구하던 신문 문예란의 최전성기는 독일의 경우 1870~1960년으로 볼 수 있으며, 그중에서도 핵심 시기는 1890~1933년이다.[87] 이 시기 이후에는 '영화'라는 기술적 영상매체가 등장했고, 이와 함께 역사 속에서 늘 문자의 가장 강력한 경쟁자였던 이미지가 문자에 앞서 부상하기 시작했다. 이러한 경향은 문자 중심 대중매체인 신문의 위상을 약화시켰고, 더불어 문자매체로 구현되는 주요 예술 장르인 문학에도 많은 영향을 미친다.

그러나 현재 우리 시대에 문예란과 문학작품이 직면한 가장 큰 변화와 도전은 1990년대 초반부터 시작된 디지털 매체의 부상에서 비롯되었다. 우리 시대의 매체 전환은 스스로 속도를 더해가며 사회의 모든 영역을 디지털화하고 있다. 여기서 중요한 점은 하나의 송신자가 다수의 수신자를 상대하는 신문과 같은 대중매체에서, 어떠한 방향에서도 상호작용이 가능한 양방향 네트워킹으로 변화한 것이다. 혹은 책이라는 물질적 인쇄물에서 비물질적 전자 네트워크로 주도 매체가 이전되었다고 소개되기도 한다. 이러한 모든 소용돌이의 중심에는—이전 문자화의 기반이 근대적 인쇄술의 발달이었던 것처럼—새로운 테크놀로지가 놓여 있는데, 바로 다양한 기술매체들을 전자 신호를 통해 하나로 통합하는 컴퓨터이다. 모든 정보를 해체해 동일한 단위로 저장하고 재현하는 컴퓨터를 통해 텍스트, 영상, 음성 등 서로 다른 정보들이 통합적으로 전달 가능하게 되었고, 이를 상호 연결함으로써 우리 시대의 가장 강력한 커뮤니케이션 수단인 인터넷이 생성되었다. 현재 사회 각 분야의 의사소통 네트워크는 모든 종류의 정보를 아날로그에서 디지털로 바꾸어 저장하는 가운데 새롭게 구성되고 있다 해도 과언이 아니다. 주요 대중매체인 신문도 이러한 변화 속에 함께 움직이고 있으며, 이러한 현상은 거의 모든 신문사가 자사의 기사를 디지털로 서비스하는 인터넷 사이트를 운영하고, 종이로 된 신문에서도 '디지털 미디어' 섹션을 두는 데서 찾아볼 수 있다.

이렇듯 디지털화를 통한 주도 매체의 이전 현상은 이제 피할 수 없는 것으로 보인다. 이는 일차적으로 인쇄 문자에 기반을 두었던 문학작품에서도 예전과는 근본적으로 다른 생산과 배급, 수용 과정에 노출되도록 만들었으며, 또한 이와 결부되어 내용 전달보다 매체성이라는 형식을 중시하는 문화 패러다임을 등장시키기 때문이다. 주로 인쇄물로 된 문학작품을 다루고, 또한 신문이라는 인쇄물로 제공되던 문예란의 경우, 이러한 매체 전환에 빠르게 반응하기에 상당히 어려운 위치에 놓여 있다. 여기에 더해 신문 독자들의 모습도 이전과는 현저하게 구분된다. 전자매체 이용자들은 양방향성을 다각도로 활용함으로써 일방적 정보 수용에서 벗어나 사용자 제작 콘텐츠UCC(User Created Contents)와 같은 정보 생산의 주체로까지 진화하고자 하기 때문이다. 앞서 언급한 신문 문예란의 세 가지 성격 중, 독자의 교양을 함양하는 세계 지식의 전달이란 측면에서 가졌던 전문적이고 독점적인 위치는 매체 전환 현상과 함께 흔들리는 것처럼 보인다.

그러나 문화산업의 관점에서 살펴보면, 이러한 전환이 문예란의 형식과 문학작품에 꼭 불리하게 작용하는 것만은 아니다. 문학작품이 지금까지 주로 인쇄매체를 통해서만 생산되고 수용되었다면, 이제는 이러한 고정된 위치에서 탈피하여 더욱 많은 재현 가능성을 가질 수 있다는 의미가 된다. 문화산업사회라는 사회적 관계의 공간에서 생산되는 문학작품은, 시장에서 경쟁력을 가지는 사회적 생산물, 즉 하나의 상품이면서 동시에 다른 예술형식에 콘텐츠를 제공하는 창조적 문화자본의 역할을 담당함으로써 그 중요성이 증대하는 측면도 발생한다. 디지털화가 인쇄된 문학작품에 미친 영향은 단순히 이야기의 저장 형식이 아날로그에서 전자 방식으로 바뀌었다는 것만을 의미하지 않는다. 문화산업 측면에서 고찰하면, 이전에는 문예란에 연재되었다가 책이라는 문학시장의 상품으로 전환되기만 했던 문학작품이 이제는 그외에도 훨씬 더 많은, 다른 매체형식으로 분화될 수 있는 원原텍스트로 기능하게 되었다는 것을 뜻한다. 신문 문예란도 현재는 인쇄물에서 제공되는 동일한 내용과 포맷이 디지털에서 검색하고 수용하도록 서비스되는 경우가 대부분이지만,[88] 단순한 저장방식의 변화에서 벗어나 디지털 미학의 핵심인 하이퍼링크와 하이퍼미디어를 활용한 새로운 문예란 형태도 실험되는 것이다.

징후적 예로 들 수 있는 것은, 밀레니엄 전환 직전 토마스 헤트케와 야나 헨젤의 주도로 듀몽 출판사에서 실험한 『눌NULL』 프로젝트[89]이다. 1999년 1월 1일부터 12월 31일까지 12개월 동안 36명의 문인들이 참여해서 새로운 매체의 '문학 살롱' 역할을 담당한 『눌』 프로젝트는 "저명한 젊은 문인들을 한자리에 모은 새로운 디지털 문학잡지"(『디 차이트』, 2000년 3월), "네트워크 문학의 매머드 프로젝트"(『포쿠스Focus』, 1999년 10월 18일), "네트워크 문학을 드디어 성장시킬 프로젝트"(『바디셰 차이퉁Badische Zeitung』, 1999년 12월 16일)라는 기존 문예란의 찬사를 한 몸에 받으며 출발했다.

연재물 성격을 띤 이 프로젝트의 특징은, 디지털 매체를 활용해 다선형으로 조직된 집단적 글쓰기 형식이 시도되었다는 점이다. 전통적 문예란이 가진 기능 중에서 읽을거리의 연재와 가상적 문학 살롱의 역할을 하나의 작품 속에 결합했다고 볼 수 있다. 다양한 관점과 관심을 가진 작가들이 문화, 정치, 사회 전반에 걸친 모든 현상에 대해 개인적 이야기를 써내려감으로써 "내면적 경험의 연대기"(『바슬러 차이퉁Basler Zeitung』, 1999년 10월 16일)를 구성하는 이 프로젝트는 작가들이 개인적으로 작성한 이메일, 파일, 팩스와 손으로 직접 적은 엽서까지 날짜별로, 그리고 일부는 주제어로 촘촘히 연결하고 있다. 이러한 개별 이야기들을 그물망처럼 연결하는 원칙으로는 다름 아닌 디지털 매체의 미학적 핵심인 하이퍼링크가 언급되고 있다.[90] 독자들의 독서 방식도 이에 따라 바뀌는데, 작품의 통일성을 파악하기 위해서 한 작품 내의 모든 글을 읽는 기존 방식에서 이제는 개인 취향에 따른 선별적인 '패치워크 독서' 방식을 따른다는 것이다.

그러나 보다 면밀히 살펴보면, 이 프로젝트는 하이퍼링크로 연결된다는 전체적 구성 방식을 제외하고는 새로운 매체 특성을 충분히 구현하고 있다고 보기는 어렵다. 통상적인 책의 형태에서 많이 벗어나 있었지만, 프로젝트 종결 후에 기존 문예란의 연재물처럼 인쇄물로 출판되었다는 사실이 이를 뒷받침한다.[91] 디지털 문학은 다선형성, 다매체성, 상호작용성을 지원하며, 작품 속에 내재되어 있다가 독자 참여로 활성화되는 디지털 퍼포먼스('장면화')를 구현하는, 다시 종이 위에는 인쇄할 수 없는 것으로 정의하기 때문이다. 따라서 프로젝트가 종결된 이후에는 처음 찬사와 달리 디지털 문학계 안팎의 많은 비판을 받는다.[92] 그렇지만 바로 이러한 점이 재현방식에서 컴퓨터를 떠나 존재할 수 없는 디지털 문학이 아닌, 개별적으로 완결성을 가진 기존 문학작품의 형식을 지원하는 신문 문예란에서는 오히려 시사적이라고 할 수 있다. 작품 내부에서는 선형적 완결성을 가진 작품들을, 네트워크 위에서는 유기적으로 연결하는 집단적 글쓰기의 가능성을 보여주기 때문이다.

이와 함께 관심이 가는 부분은 매체형식과 여기에 담긴 작품형식과의 상호작용이다. 리얼리즘 시대에 문예란 연재라는 형식은 기존 문학작품의 양적 팽창과 함께 일상 문체를 사용한 현실적 주제 접근을 도와주었다. 이외에도 극적 구성상의 긴장과 앞의 내용을 다시 한번 기억하도록 반복하는 기법, 그리고 열린 결말이라는 새로운 전형을 발전시켰다.[93] 여기에서는 매체형식이 문학형식에 끼친 영향이 관찰된다. 『눌』 프로젝트는 이제 반대 방향에서 이번에는 문예란 형식의 디지털적 변용 가능성, 즉 "문학 생산방식의 투명성"[94]이라는 새로운 모델을 제시한다. 이 프로젝트가 연재되던 12개월 동안 누구든지 사이트를 방문하면 작가와 편집자가 주고받는 커뮤니케이션을 열람할 수 있었는데, 말하자면 독자는 작가들의 가장 개인적인 내면 이야기뿐만 아니라, 이제까지는 출판산업 내부에만 존재하여 독자들이 읽을 수 있는 범위 저편에 놓여 있던, 하나의 글이 책이 되어 나오기까지의 비하인드 스토리까지도 접할 수 있었다. 이러한 문학 실험은 그 자체가 성공적으로 끝나지 않았더라도, 매체 전환기의 문예란이 방어 일변도 자세에서 벗어나 새로운 매체의 여러 가능성을 탐색하는 전환점으로 기능할 수 있다는 점에서 긍정적이라 하겠다.

2부

전망:
하이퍼텍스트에서 하이퍼미디어로

100. 상호매체성: 디지털 포엠과 문학의 다매체화

하이퍼미디어

하이퍼텍스트가 주도한 디지털 문학의 여러 시도는 앞서 살펴본 대로 '하이퍼텍스트 문학 운동'의 그다지 성공적이지 못한 성과와 함께 최초의 전성기를 마감했다. 추락의 징후는 사실 1990년대 말부터 알아볼 수 있었다. 예를 들면, 하이퍼텍스트라는 새로운 프레임이 단순히 문학 영역을 넘어 사회 모든 체제의 민주화와 유연화를 이끌 것이라고 보았던 1995년의 선언(「유토피아로서의 하이퍼텍스트」)에 대한 비판적 반응이 이미 1999년에 나왔다. 군돌프 프라이어무트가 지난 10년간 벌어진 하이퍼텍스트 운동에 대한 하나의 결산으로 「하이퍼텍스트 운동에 대한 추도문Ein Nachruf auf die Hypertext-Bewegung」[95]을 발표한 것이다.

새로운 밀레니엄은 여러 미몽으로부터의 각성으로 시작되었다. 특히 새로운 전자매체가 우리를 구원할 것이라는 캘리포니아 이데올로기의 잔영은 여러 방면에서 비난받았다. 이러한 견해 중에서도 무엇보다 주목할 만한 것은, 2001년 로버트 쿠버의 "하이퍼픽션의 황금시대는 지났다"라는 선언이다.[96] 하이퍼픽션은 하이퍼텍스트로 구성된 문학 장르 중에서는 그래도 가장 대중적이고 알려진 것이었으며, 로버트 쿠버는 1991년 『뉴욕타임스』에 「책의 종말」이라는 논쟁적인 기고문을 통해 신생 장르인 하이퍼픽션의 탄생을 알리고, 그 장르가 책이라는 고전적 문학 매체를 종말에 이르게 할 것임을 예견한 장본인이다. 하이퍼픽션 등장의 가장 큰 후견인과 하이퍼픽션의 퇴장을 선언한 이가 동일인인 셈이다. 한때 '미래의 문학형식'으로 각광받은 하이퍼픽션은 이렇듯 2000년이 시작하자마자 (사실 대다수 사람들에게는 이름을 알리지도 못한 채!) 황금기가 지났다는 선고를 받았다.

추도문이 낭독되고 대표 장르의 황금기가 지나간 것으로 평가되었지만, 그럼에도 디지털 문학의 실험은 2000년대에도 지속되었고 지금도 지속되고 있다. 하이퍼텍스트의 다선형적 구조가 독자를 저자의 위치까지 끌어올려줄 것이라고 생각한 최초의 소박한 시도는, 우리가 익히 알고 있는 '트라이얼-에러' 과정을 거쳐 다양하게 변형되어왔다. 예를 들면, 하이퍼텍스트 안에 빈 공간을 만들어 독자에게 상상의 자유와 쓰기의 자유를 돌려준 공동창작 프로젝트도 그 과정의 하나라고 볼 수 있다. 하이퍼픽션과 공동창작 프로젝트에서 중심이 된 논의는 상호텍스트와 상호작용에 관한 것이었다. 1부에서 살펴본 대로, 한때 기대를 모은 디지털 매체에서의 '선택 가능성에 따른 독자의 생산자적 전환'은 사실 매체의 표면 위에서만 일어나는 가상행위였다는 각성에 따라, 이 두 논의에서도 기존의 '선택과 조합'과는 부분적으로 반대되는 미학적 전략이 마련되었다. 이러한 전략의 최종 목표는 우리가 마주하는 매체의 특성에 대한 성찰이었다. 그럼에도 불구하고, 하이퍼텍스트가 중심이 된 디지털문학 실험은 2000년대 중반 이후로는 크게 주목할 만한 작품을 새롭게 내지 못한다.

이것은 무엇보다도 디지털 문학과 이보다 상위 개념인 디지털 예술의 미학적 중심축이 하이퍼텍스트에서 하이퍼미디어로 옮겨갔기 때문이다. 이제 하이퍼미디어가 디지털 예술의 중심에 서게 되었다. 예를 들면, 현재에도 가장 활발하게 창작되는 유일한 디지털 문학 장르라고 할 수 있는 디지털 포엠은 하이퍼픽션이나 공동창작 프로젝트에서 흔히 보인 '선택 가능성'이나 '적극적 참여'를 통한 독자의 '능동성'을 더이상 강조하지 않으며, 독자에게 멀티미디어로 구현할 수 있는 가장 현재적인 미학을 실험적 기법으로 보여주는 데 주력한다.

여기에서 표제어는 단연 다매체성이다. 주지하다시피 1990년대 초반에는 하이퍼텍스트와 하이퍼미디어라는 용어를 뚜렷이 구분하지 않고 사용했다. 하이퍼텍스트가 이미 다매체성을 구현할 수 있었기 때문이다. 그러나 이때 하이퍼텍스트가 가지고 있는 다매체적 특징은 부차적인 것이었는데, 왜냐하면 문예학자들이 주목한 것은 하이퍼텍스트의 '텍스트'적 면모였기 때문이다.

텍스트가 본질이었고, 다매체성은 '덤'이나 다름없었다. 따라서 하이퍼텍스트가 구현하는 가장 큰 특이점으로 이야기된 것은 상호텍스트나 상호작용을 가능하게 해줄, 링크 연결을 통한 구조적 다선형성이었다. 이러한 역사적 배경으로 현재에도 하이퍼텍스트를 이야기할 때는 텍스트를 연결하는 링크 기능에 한정하여 말하는 경우가 많다. 이에 반하여, 하나의 작품 속에서 관찰할 수 있는 매체와 매체 간의 역동적 구성을 강조할 때는 이제 하이퍼미디어라는 용어가 즐겨 선택된다. 따라서 하이퍼미디어는 '다매체성이 강조된 하이퍼텍스트'로 이해되며, 매체 간 관계를 다루는 상호매체성 논의에서도 더이상 하이퍼텍스트가 아닌 하이퍼미디어가 그 대상이 되고 있다.

텍스트가 아니라 그 본질이 무한히 변신 가능한 멀티미디어에 중점을 둔 하이퍼미디어가 우리에게 열어주는 새로운 테마는 이제 2차원적 텍스트를 벗어난다. 매체의 경쟁과 혼합으로 이루어지는 다차원적 세계는 우선 디지털 문학의 영역에, 위에 언급한 디지털 포엠의 다양성을 지원하고, 문학과 예술이 더이상 뚜렷하게 구분되지 않는 다채로운 혼종화를 지향한다. 이것이 문학에 유익한지 그렇지 않은지는 아직 판단하기에 이르다. 이 발전 도상에서 우리는 가상현실과 증강현실, 혼합현실과 같은 개념들도 만날 것이다.

2부에서는 하이퍼텍스트에서 하이퍼미디어로 발전하는 디지털 문학의 새로운 경향을 소개한다. 여기에서도 마찬가지로 새로운 매체에서의 문학 실험이 수용과 창작 과정에서 매체 성찰의 계기로 기능할 수 있는지 중점적으로 살펴볼 것이다.

디지털 포엠의 미학적 전략

상호매체성 개념을 설명하기 위해서는 디지털 포엠이 자신을 그 후계자로 부르기를 주저하지 않는 구체시나 비주얼 포엠으로 거슬러올라갈 필요가 있다. 디지털 포엠이 점점 더 각광받는 배경은 첫번째로, 아직 지금의 수용자 세대에게—그리고 아마도 앞으로 얼마간은—전자 모니터 위에서 산문보다는 운문이 수용하기에 더 용이하다는 사실에 있다. 그렇지만 이외에도 예술사적 전통에서만 이해할 수 있는 또다른 이유가 있으며, 여기에 그 선구자적 모델로 구체시나 비주얼 포엠이 자리한다.

디지털 포엠은 처음부터 하이퍼픽션이나 공동창작 프로젝트와는 완전히 다른 미학적 전략을 택했다. 초기에 각광받으며 등장한 새로운 형태의 '신기한' 문학들이 이전과는 '전혀 다른' 새로운 미학을 약속한 것과는 달리, 디지털 포엠은 처음부터 문학 실험의 전통과 적극적으로 연계했으며, 무엇보다 스스로를 '아방가르드적 모던의 계승자'[97]로 칭했다. 전통미학과 단절을 선언한 하이퍼픽션과 공동창작 프로젝트가 그 광채를 잃어가면서, 디지털 포엠의 이러한 면모는 더욱 돋보이고 있다. 예술사에 나타난 창조적 실험을 잇는 후예라는 면모 말이다. 2004년 베를린에서 열린 디지털 시학 전시회 〈포에시스p0es1s〉[98]에서 선언한 대로, "디지털 포엠은 20세기에 현대시의 표현양식과 작업형식을 급격하게 발전시킨 비주얼 포엠, 소리시와 구체시라는 시문학의 성과에 소급된다"는 것이다.[99]

"문학 실험의 정신으로부터 디지털 문학작품의 혈통관계를 확인"[100]함으로써 기대한 일은 무엇이었을까? 그것은 이제 디지털 매체가 이전부터 계속되던 문학 실험의 바통을 이어받아 새로운 장을 제공한다는 점이다. 예술이 늘 수행했고, 현재도 수행하는 "경계를 넘어서는grenzüberschreitend" 작업이 이제 새로운 매체의 잠재력과 결합하는 것이다.[101] 이러한 배경에서 하이퍼미디어적 특수성, 즉 다선형성과 상호작용성, 다매체성, 그리고 마지막으로 이질적인 것들의 결합현상인 하이브리드는 이전에 독자의 머릿속에서만 가능하던 상상을 기술적으로 실현할 수 있으리라는 긍정적 전망을 이끌었다. 그렇지만 새로운 테크놀로지의 힘을 빌린 미학적 확장이라는 시각을 기꺼이 받아들이기 위해서는, 그리고 기술적 낙관에 빠져 그리 성공적이지 못했던 하이퍼텍스트 문학의 전철을 밟지 않기 위해서는 우선 예술사에서 진행된 문학 실험 전통과 디지털 공간의 새로운 시도를 잇는 매끈한 연계성보다는, 매체 조건의 차이에서 오는 '균열'을 먼저 파악하는 일이 필요하다.

앞으로 살펴보겠지만, 19세기 말의 추상적 비주얼 포엠은 현대의 문턱에서 일어난 가장 큰 사건, 즉 매체성 발견이라는 성과와 상호작용하며 발달할 수 있었다. 또한 1960년대에 활발히 등장한 구체시에서도 서로 다른 매체 간의 물질적 차이가 '실제로' 주제가 되었다. 그러나 일견 이들과 상당히 유사해 보이는 디지털 포엠의 실제 양상은 완전히 다르다. 데이터의 성질을 말끔하게 변환시켜주는 컨버팅을 통해 모든 매체가 화면 위로 동일하게 재현되는 디지털 매체에서는 매체성의 물질적 차이를 드러낼 수 없다. 이것은 상호매체적 미학이 디지털 문학 영역에서는 그 선구자들과는 달리 단지 '시뮬레이션된' 형태로만 나타날 수 있다는 사실을 시사한다.

여기에서는 우선 추상적 비주얼 포엠과 이를 계승한 구체시에서 상호매체성이 어떻게 작동하는지 고찰하고, 마지막으로 디지털 매체가 이를 어떻게 시뮬레이션할 수 있는지 살펴본다. 이를 통해 하이퍼미디어 공간에서 디지털 포엠이 지닌 상호매체적 미학 전략을 수립해볼 것이다.

비주얼 포엠과 매체의 발견

다매체성이 강조되는 하이퍼미디어 공간에서 활약하는 디지털 포엠은 서로 다른 매체, 즉 텍스트와 이미지 간의 수렴과 이산을 보여주는 비주얼 포엠의 전통과 맞닿아 있다. 비주얼 포엠은 문자 탄생 시기부터 시작된 오랜 역사를 가지고 있다. 문자 자체의 미적 형태를 보여주거나, 문자를 배열하여 특정 이미지를 만들거나, 또는 문자와 이미지를 결합시켜 표현한다. 서구 예술사에서는 그리스·로마 시대의 다양한 형상시Figurengedicht로부터 시작해서 중세까지 유행했던 미로시Labyrinthgedicht, 사물의 형태를 본뜬 윤곽시Umrissgedicht, 그리고 바로크 시대의 종교적 엠블렘Emblem 등 다양한 예를 찾아볼 수 있다.[102] 현대에 와서 가장 많이 알려진 것은 1950년대 독일과 스위스, 이탈리아를 중심으로 일어난 구체시 운동을 들 수 있으며, 이 구체시 운동은 다시금 20세기 초반 아방가르드 예술과 다다이즘, 큐비즘, 미래주의, 구성주의 같은 미술사조와 밀접한 관련을 갖는다. 그중에서도 19세기 말 새로운 테크놀로지를 동력으로 한 실험들, 예를 들면 인쇄술의 급속한 발달과 타자기의 보급이라는 매체혁명을 배경으로 문자의 새로운 형식을 실험한 스테판 말라르메와 기욤 아폴리네르, 그리고 아르노 홀츠의 시들은 '현대적'인 것의 본격적인 시작으로 볼 수 있다.

이전의 형상시와 같은 비주얼 포엠들과 현대의 시들을 구분하는 가장 큰 특징은, 문자로 이미지를 모방하거나 이미지와 결합하는 것을 뛰어넘는, 문자 자체의 형태에 집중하는 '추상적' 비주얼 포엠이 출현했다는 점이다. 기념비적 작품으로 평가되는 말라르메의 「주사위 던지기Un coup de dés」(1897)는 이미지 차용이라는 기존의 비주얼 포엠을 뛰어넘는 새로운 형식을 확립시켰다. 말라르메는 문자로 사물의 윤곽을 그리거나 이미지를 만들어내려 하지 않고, 책의 페이지를 하나의 공간으로 이해하고 단어들을 하얀 종이 위에 다양한 크기로 자유롭게 흩뿌렸던 것이다. 여기에서 시가 가지는 내적 다선형성은 서로 다르게 인쇄된 문자의 크기를 통해 독자의 눈을 여러 방향으로 빠르게 분산시키며 발현된다. 이러한 "시적 언어의 비주얼한 해방"[103]은 「주사위 던지기」를 "최초의 추상적 비주얼 포엠"[104]으로 불리도록 했는데, 이것이 가능해진 것은 흩뿌려진 문자를 인쇄술로 정교하게 표현한 덕분이다. 이 시기는 최초의 기계적 문서편집기인 타자기가 보급되기 시작한 때였고, 이는 그후 하이데거가 평가한 대로 '현대'를 탄생시킨 원동력 중 하나였다.[105] 기계적 문서편집기의 등장은 문자매체를 이용한 문학 창작 방식도 함께 변화하고 있다는 것을 의미했다. 1928년 발터 벤야민은 직접 손으로 쓴 글씨에서 기계를 사용한 인쇄체로 넘어가는 이행기에 대해 다음과 같이 진단하고 있다.

> 타자기는 문학가의 손에서 처음으로 깃털 펜을 빼앗아가버렸는데, 그것은 이제 인쇄술이 가지는 정확한 형태라는 요소가, 그가 책을 쓸 때 미리 해야 하는 구상 중의 하나로 편입되었다는 것을 의미한다. 추측건대 다양한 글자 형태를 가진 새로운 시스템이 필요해질 것이다.[106]

이러한 벤야민의 지적을 단적으로 보여주는 예가 바로 아폴리네르의 비주얼 포엠 「비가 내린다Il pleut」(1914/1916)이다. 다섯 줄의 빗줄기를 연상시키는 이 시는 처음에는 손으로 직접 쓴 글씨로 발표되었다. 일반적인 의미에서 악필에 가까운 아폴리네르의 글씨체는 문자 하나하나를 그림처럼 아름답게 그려냈던 이전의 비주얼 포엠과는 이미 거리를 둔다.[107] 이는 이제 인쇄술을 시적 형상화의 한 요소로 포함시켜야 한다는 새로운 시대적 요구를 반영하고 있었다. 1916년에 다시 인쇄체로 출판된 시가 현재 정식 판본으로 인정된다. 인쇄본 「비가 내린다」는 비주얼 포엠의 타이포그래피적 아름다움과 표의문자적 다중성을 보여주고 있으며, 인쇄술의 아름다움이 바로 시의 아름다움과 직결된다는 것을 증명하는 좋은 예가 되어준다.

문자를 더이상 그 안에 의미를 담고 전달하는 투명한 매개체로서가 아니라, 형식으로서 재발견하고 여기에 관심을 두는 이러한 새로운 시적 형상화 시도는 이후 아방가르드와 구체시라는 20세기 초반의 예술사적 모던을 특징짓는 한 축이 되었다.[108] 문자가 담는 내용이 아니라, 문자 자체가 시가 된 것이다. 매체는 이미 메시지였다! 1899년 아르노 홀츠의 선언대로 "순수한 형식"으로서 시는 모던의 출발이 되었다. "우리 세계는 더이상 고전적이지 않다 / 우리 세계는 더이상 낭만적이지 않다 / 우리 세계는 단지 모던할 뿐이다."[109] 이와 함께 "보이지 않는 제삼자로서 모방과 모방되어진 것 사이에 존재하던 매체는 이제 미학적 성찰의 대상이 되었다."[110] 바로 이러한 인식으로부터 추상적 비주얼 포엠은 문자라는 매체를 창작의 주제로서 더욱 집중적으로 다루는 구체시로 발전한다.

구체시에 나타난 상호매체성

구체시는 텍스트와 이미지를 재료로 다루기는 하지만, 이 두 가지 서로 다른 매체를 고대의 형태시나 중세의 엠블렘처럼 단순히 결합시키는 데 목표를 두지 않는다는 것을 분명히 하면서 출발했다. 오이겐 곰링거의 구체시 선언 「운율로부터 배열로: 새로운 시문학의 목표와 형식vom vers zur konstellation. zweck und form einer neuen dichtung」(1954)을 보면 이러한 사실이 분명해진다. 곰링거는 여기서 구체시의 미학적 목표를 "시문학 안에서 '단어'라는 요소를 재발견"[111]하는 것이라고 밝히고 있다. '단어'가 그때까지는 문학에서 무언가를 전달하는 역할을 했다면, 구체시에서는 그 자체가 중심 테마로 다루어진다는 것이다. 이러한 구체시의 전략은 매체의 작동성에 대한 성찰로부터 출발하는데,[112] 그것은 지금까지 "정보전달자"[113]로서 원활한 의미 전달을 위해 숨어 있었던 문자의 형식적이고 물질적인 면을 부각한다는 것이다.

실제로 일상에서 매체가 담는 내용이 잘 전달되기 위해서는 매체의 형식적인 면, 즉 매체성[114]은 인지되지 않아야 한다. 예를 들어, 책이라는 매체에서 수용자가 문자의 배치(정보의 저장수단과 재현방법)라던가 글 읽는 속도(전송방법)에 신경을 쓰면 전달되는 내용의 의미를 파악하는 데 오히려 방해가 된다. 마찬가지로 우리는 음악을 감상할 때 음파로 인한 공기의 떨림을 듣지 않으며, 영화관에서도 영사기의 이미지 전송을 인지하지 않는다.[115] 이렇게 의미 전달을 위해 보이지 않게 숨어 있는 매체성을 매체학자 게오르크 톨렌은 "매체 사용의 맹점der blinde Fleck im Mediengebrauch"[116]이라고 명명하는데, 그에 따르면 매체는 마치 "창문에 끼운 유리"[117]처럼 작동한다. 매체성이 투명해서 인지할 수 있는 범위 안으로 들어오지 않을 때, 그만큼 전달되는 내용은 손실 없이 그대로 전송된다.

구체시의 전략은 바로 문자가 가진 이러한 매체적 투명성을 시각적으로 보이도록 만드는 것이다. 다시 말하면, 이미지와의 대립으로 문자의 매체성을 시각적으로 인식할 수 있는 텍스트의 내용으로 만드는 것이다. "언어적 물질성"[118]이 비주얼하게 표현된다.(곰링거의 용어로 하면 "배열"된다.) 매체성이 해석을 위해 새로이 독자의 주의를 끄는 가운데, 매체 자체가 매체의 내용이 되는 것이다. 더욱이 구체시에서 이러한 과정은 문자나 단어가 가진 매체의 원래적 재현방식—읽는다는 행위—을 통해서가 아니라, 다른 방식, 그것도 감각적으로 인지될 수 있는 '소리 내어 읽어보기' '시각적 형태 살펴보기' 등을 통해서 가능하다. 서로 다른 매체형식 사이의 긴장이 공간을 만드는 것이다. 이러한 공간을 구체시의 미학자 프란츠 몬은 "사이공간Zwischenräume"[119]이라고 부른다. 매체미학에서 빈 공간인 사이공간은 앞서 1부에서 살펴보았듯이 이중적 의미에서 수용자를 위한 공간이 되는데, 한편으로는 의미론적 빈자리로 (상호텍스트성의 영역에서) 수용자 스스로가 의미를 생성할 수 있는 공간으로 기능하고, 다른 한편으로는 매끄럽게 움직이는 매체의 균열을 드러내어 (상호매체성의 영역에서) 매체 간 차이를 인지하고 이를 수용자가 다시 능동적으로 결합하는 역할을 한다.

이를 구체시의 예를 들어 직접 살펴보자. 곰링거의 시 「검은 비밀das schwarze geheimnis」(1960)은 텍스트를 그림처럼 인지할 수 있도록 배열하면서 서로 다른 매체 사이의 차이와 긴장을 보여준다. "das" "schwarze" "geheimnis" "ist" "hier" 다섯 단어로 이루어진 이 시는 순서의 앞뒤를 바꾸어 같은 의미의 문장을 두 번 반복하는데(검은 비밀이 여기에 있다 / 여기에 검은 비밀이 있다), 이때 단어 크기와 문장 길이로 다 채울 수 없는 빈 공간이 시 한가운데에 생성된다. 따라서 첫눈에 이 시는 가운데가 비어 있는 검은 상자를 연상시킨다. 문자 특유의 정보 전달 방식이기도 한 '글 읽는 방향'에 따라 독자의 시선은 빈 공간을 향하는데, 검은 비밀에 대한 지시가 내부의 백지로 이끈다는 모순적 상황은 '문자로 서술된' 검은 비밀이 내부적 의미의 부재를 통해 '시

das schwarze geheimnis
ist hier
hier ist
das schwarze geheimnis

곰링거의 구체시 「검은 비밀」[120]

각적으로' 전달된다는 것을 보여준다. 이 빈 공간은 텍스트가 가진 의미부여 기능이 이미지가 가진 시각적 표현 기능과 만나는 장소가 된다.

동시에 검은 비밀이 숨겨진 '검은 상자 속 빈 공간'은 독자가 개입할 수 있는 장소가 되기도 하는데, 파편적으로 주어진 시의 단어들은 독자에게 새로운 의미를 구성하는 재료로서 기능한다. 매체성의 부각은 일차적으로 의미 전달을 방해하지만, 결과적으로는 이 과정을 통해 마지막에는 새로운 의미가 생산된다. 물론 여기에는 독자의 참여가 요구되며, 이것은 상호매체적 진행을 가능하게 하는 원동력으로 기능한다.

> 수용자가 이러한 행동을 활성화하고 의미 있는 소통의 유희로 전환시킬 때에만, 비주얼한 텍스트는 의미론적으로 그리고 기호론적으로 효과적인 것이 된다. 다시 말해서 아주 특별하고 새로운 방식으로 의미심장한 것이 된다.[121]

이와 같은 맥락에서 앞서 살펴본 상호텍스트성과 마찬가지로, 상호매체성도 "수용미학을 생각하지 않고서는 불가능하다"[122]고 볼 수 있다. 상호매체성이란 결국, 의미를 배제한 순수한 형식으로서의 매체성을 인지하는 독자의 행위가 중심이 되며, 이것이 다시금 작품의 의미 영역에 존재하는 내러티브의 이해에 간섭을 행사하는 과정이라고 할 수 있다. 이러한 상호매체적 현상은 '독서'의 개념에도 변화를 가져다주고 있다. 의미가 전달되는 부분인 '텍스트성'만을 읽는 것이 아닌 그것을 전달하는 양상인 '매체성'도 함께 읽어내고, 이 둘의 분리와 결합이 가져오는 새로운 의미 생성까지 읽어낼 수 있는 것이 상호매체적으로 확장된 독서의 개념이 된다.[123]

좀더 자세히 설명하자면, 모든 매체에는 "원형적 이야기"[124]로서의 텍스트성이 내재해 있으며, 이것이 바로 다양한 매체를 모두 '텍스트'라는 개념으로 이해하려는 시도의 근거가 되었다.[125] 바로 이 텍스트성을 제외하고 나면 매체에는 이야기 전달을 위해 간과되곤 하는 기술적·물질적 측면인 매체성이 남는 것이다. 이와 같은 관점에서 보면, 상호매체성의 개념도 상호텍스트성의 연장으로 이해할 수 있다. 서로 다른 매체 간의 내용적 지시관계(상호텍스트성)로부터, 매체성 사이의 관계 혹은 텍스트성에 대한 매체성의 간섭현상(상호매체성)으로 확장한다는 말이다. 상호매체성을 문예학적 방법론으로 채택함으로써, 확대된 의미의(텍스트성과 매체성을 아우르는) '독서'가 가능해지며, 디지털 시대의 다매체적 작품도 문예학적 틀 속에서, 그 매체형식적 측면을 간과하지 않고 관찰하는 길을 열게 되었다.

시뮬레이션으로서의 상호매체성

구체시의 '독서'에서 알 수 있듯이, 예술에서 텍스트성과 매체성의 상호매체적 관계는 우리 시대의 복잡한 매체관계를 조망할 수 있는 계기를 제공한다. 동시에 이것이 상호매체성 개념을 현재 가장 주목받는 연구대상 중 하나로 삼는 이유이기도 하다. 현재 소프트 포엠, 멀티미디어 포엠, 그리고 키네마틱 포엠으로 다양하게 분화되면서 디지털 문학 장르 중 가장 많이 생산되고 수용되는 디지털 포엠은 앞서 살펴보았듯이 "구체시의 계승자"[126]로 여겨지며 상호매체적 현상을 가장 잘 관찰할 수 있는 장르로 부상했다. 그렇지만 실제로는 매체 '차이'에 근거한 상호매체성은 하이퍼미디어 공간에서는 가상적으로만 나타날 수밖에 없는데, 그것은 매체의 물질성이 디지털화를 겪으면서 전자 기호의 유동성 속으로 사라졌기 때문이다.[127] 매체적 차이들은 이제 디지털 컨버팅을 통해 모두 매끈한 표면으로 흡수되어버린다. 수용자는 여전히 하이퍼미디어적 작품을 다-매체적인multi-medial 것으로 인지하고 수용하지만, 실제로 이들의 서로 다른 매체성은 동일한 컴퓨터 코드가 다양한 조합으로 만들어내는 일시적 형상일 뿐이다.

이러한 균질하고 동일한 표면에서 '그 사이'에 대한 매체적 통찰을 하기 위해서는, 전략적으로 가상적인 경계가 눈에 보이는 것으로(혹은 귀에 들리는 것으로) 표현되어야 한다. 성공하는 경우에는 아날로그 시대 구체시와 마찬가지로, 의미론적 부분인 '텍스트성'과 이러한 의미를 전달하는 기술적 측면인 '시뮬레이션된 매체성'이 디지털 예술작품 속에서도 서로 간섭하는 현상을 관찰할 수 있다. 여기에서는 모두 세 가지 서로 다른 디지털 포엠의 예를 들어 디지털 문학의 현재적 전략을 소개한다.

우선 오스트리아의 넷아트 그룹 차이트게노센Zeitgenossen(우리 줄라 헨칠레거, 첼코 비너)의 디지털 포엠 「야투Yatoo」(2001)[128]가 우리에게 흥미로운 시뮬레이션 기법을 선보인다. '시청각적 포엠'으로 불리는 「야투」와 같은 작품은 문자의 부재를 통해 구체시에서 익숙한 인지방식을 한 번 더 낯설게 만드는 방식을 택하고 있다. 이 시는 우선 서로 다른 매체성을 시뮬레이션하는 데 주력한다. 이러한 매체의 시뮬레이션은 독자의 수용과정에 영향을 미치고 이를 통해 순간적인 매체 성찰의 계기를 이끌어내고자 노력한다.

「야투」는 플래시 프로그램으로 텍스트 없이 이미지와 소리로만 구성되었다. 글자가 전혀 등장하지 않는 '시'인 것이다. 첫 번째 페이지에서 독자는 어두운 공간에 혼자 빛을 발하는 별모양 오각형을 보게 되는데, 이 장면에서 사실 시문학과의 관련성은 쉽게 감지되지 않는다. 마우스로 이 별을 접촉한 후에야 '시적인' "배열"이 펼쳐진다고 할 수 있는데, 별모양의 각 모서리는 서로 다른 색으로 양분되어 있고, 이들은 다시 여성의 목소리와 남성의 목소리가 나오는 링크로 기능한다. 독자가 마우스로 이 별을 탐험하는 동안 별모양은 만화경처럼 끊임없이 변화한다. 동시에 남성과 여성의 목소리로 "love" "are" "you" "so" "much" "I" "will"과 같은 파편화된 단어가 흘러나온다. 독자가 여러 번 시도할 용의가 있다면 이로부터 몇 가지 의미 있는 문

디지털 포엠 「야투」는 처음에는 위와 같이 완벽한 별모양이었다가, 독서가 진행됨에 따라 아래의 만화경처럼 부서진다.

장을 만들 수 있다.[129] 즉 독자가 시에서 제공되는 청각 재료들로 텍스트를 스스로 구성하는 방식이다. 여기에서 그래픽의 움직임과 남녀 목소리의 상호작용은 이미지와 소리라는 서로 다른 매체의 유희를 한층 더 부각시킨다. 말하자면 「야투」는 이미지와 소리의 '즐거운' 수렴Konvergenz을 시뮬레이션하면서, 동시에 독자가 직접 의미를 구성하는 '과정'으로서의 독서를 마우스-롤-오버라는 테크놀로지로 실제적으로 구현하는 것이다.

그러나 이 시에서 더 흥미로운 것은, 보이고 들리는 매체의 시뮬레이션이 아닌, 보이지 않게 연출된 매체 간의 이산Divergenz이다. 독자는 이 시에서 '읽을 수 없는 단어들'을 파편적으로 '들을 수' 있으며, 서로 다른 매체가 지닌 표현방식과 재현방식의 차이는 '링크된 이미지 공간'에서 의미 전달자인 문자 없는 '목소리 삽입'을 통해서 나타난다. 구체시에서는 의미를 전달하는 매개체였던 문자의 시각적 등장이 중심 테마였다. 이제 「야투」에서는 단지 청각적으로만 의미를 파악할 수 있도록 하면서 그동안 익숙해진 구체시의 문법을 다시 한번 파괴한다. 이것은 단지 소리라는 매체가 디지털 시대에 새로이 부상하고 있음을 나타내는 것이 아니라, 바로 시에서 주도 매체인 문자의 빈자리를 의도적으로 드러냄으로써 이 공간을 매체적 사이공간으로 전환한 것이다. 다시 말하면, 이곳에서도 문자는 '부재'를 통해 주제가 되는 것이다. 문자 없는 시가 가능할까? 미래의 문학은 문자를 사용하지 않고 등장할 것인가? 그렇다면 문학은 어떻게 정의될 것인가? '시'에서 문자의 부재는 우리에게 많은 질문을 던지도록 만든다. 따라서 「야투」의 숨겨진 주제는 '문자'라는 매체와 문학 자체에 대한 것이다.

두번째로 소개할 작품은 요하네스 아우어의 「될을 위한 벌레 사과파이worm applepie for doehl」(1997)[130]다. 이 작품은 「야투」와 유사한 방식이면서도 영화적인 연속 기법을 이용하여 매체 사이의 빈 공간을 가상적으로 채우는 과정을 재현하고 있다. 시문학 예술가 집단으로 유명한 슈투트가르트 그룹에 속한 아우어가 디지털 문학계에 내놓은 이 시는, 1965년에 구체시의 거장 중 한 명인 라인하르트 될이 발표한 유명한 시 「사과Apfel」에 대한 헌시이자, 이에 대한 디지털적 변용이다. 될의 시와 동일한 '배열'로 시작하는 아우어의 디지털 포엠은 사과 속에 숨어 있던 벌레라는 단어가 살아 움직이는 것으로 전개된다. 유희적으로 연출된 벌레의 동작은 사과라는 단어들을 마치 먹어치우는 것처럼 지워나간다. 그리고 이와 동시에 벌레라는 단어는 점점 더 커진다. 우선적으로 시뮬레이션되는 것은 마치 컷의 연속으로 진행되는 듯한 영화 기법이다. 모두 42개의 그림으로 구성된 GIF 파일은 약 1초에 한 번씩 진행하며 모두 43초간 벌레가 사과를 먹어치우고 다시 자신의 자리로 돌아와 초기 화면으로 리셋되는 장면을 반복한다. 독자가 개입하지 못하고 모든 과정을 관람해야 하는 수용방식도 영화적이며, 의도적으로 눈으로 따라가게 만든 시간의 차이는 영화라는 매체에서 매끈하게 이어지는 장면들이 사실은 스틸사진들을 빠르게 움직인 것이라는 사실까지 지시한다.

그러나 이러한 성찰이 이 시에서 '영화'라는 매체에 대한 성찰로까지 이끌지는 못하는데, 왜냐하면 우리가 마주하는 것은 영화가 아니라 하이퍼미디어적 시뮬레이션이기 때문이다. 오히려 이 시가 가지는 성찰적 계기는 연속적으로 진행되는 움직임을 통해 시각적으로 인식하는 빈 공간의 생성과 소멸이다. 벌레는 여기서 양가적 역할을 수행한다고 할 수 있다. 즉 단어를 지워나가면서 시의 표면 위에 하얀색 빈 공간을 생산하고, 동시에 이를 커지는 자신의 몸으로 파괴하면서 빈 공간에 대한 수용자의 인지를 방해한다. 영화적 표현을 통해 여기에서 테마가 되는 것은 다름 아니라 하이퍼미디어적인 매끈한 표면 위에서 점점 줄어드는 미학적 빈 공간이다.

마지막으로 영화와의 상호매체적 긴장을 보다 급진적으로 보여주는 작품이 있는데, 이는 한국의 넷아트 그룹이 선보였다. 장영혜중공업Young-Hae Chang Heavy Industries(장영혜, 마크 보주)은 디지털 문학계에서 세계적인 명성을 얻고 있는 그룹이며, 최근까지도 매우 흥미로운 작업들을 선보이고 있다. 이들의 사이트는 스마트폰에서도 작품을 감상할 수 있도록 모바일 디바이스를 지원한다. 무엇보다도 이들의 작품은 문자의 타이포그래피적 해방을 촉구한 말라르메와 아폴리네르의 전통을 잇는다는 뚜렷한 미학적 자의식에서 출발하며,[131] 따라서 작품의 주요한 기술적 배경이 되는 웹 테크놀로지에 대한 비판적 성찰이 주제가 될 때가 많다.[132]

2001년 구체시의 대가 라인하르트 될은 독일의 학술웹진 『디히퉁-디기탈dichtung-digital』과의 인터뷰에서 디지털 매체에서 진행 중인 구체시의 확장과 관련하여 가장 흥미로운 작업을 하는 그룹으로 '장영혜중공업'을 지목했다. 이들의 작업은 이미지의 직접적 삽입을 배제하고 문자로만 작업하는 구체시의 문법을 따른다. 모든 작품은 철저히 '문자'로만 이루어져 있다. 그렇지만 그냥 문자가 아니라 '문자의 흐름'이다. 시의 재료는 문자이지만, 시의 재현방식은 영화의 방식인 것이다. 말하자면 음악과 함께 영화처럼 전개되는 키네마틱 포엠으로 이전의 구체시와는 분명히 구분된다. 즉 문자만을 사용하지만 매체성의 면에서 보자면 영화라는 매체의 전달방식을 채택함으로써 인지방식에서 서로 다른 매체 사이의 긴장을 불러일으키는 것이다.

예를 들면, 장영혜중공업의 대부분 작품들과 마찬가지로 플래시 프로그램으로 만들어진 '플래시 포엠' 「삼성SAMSUNG」은 도입부에 무성영화 시대를 연상하게 하는 시퀀스를 채택하고 있다. 이 시에서 수용자가 느끼는 것은 빠르게 지나가는 화면으로 인해 읽고 이해하기에는 너무나 압도적인 문자의 흐름이다. 끊임없이 흘러들어오는 문자의 물결 속에 텀벙 빠져버린 독자라면 시가 끝나자마자 즉각적으로 다시 한번 제목을 클릭하려는 욕구를 느끼는데(물론 이것은 흘러가는 문자의 양이 너무 많아 우리 눈이 인지할 수 있는 용량을 넘어섰기 때문이다), 이는 디지털 문학에서 결여되었다고 가장 많이 지적된 수용자의 재참여를 자연스럽게 유도하는 기제가 된다. 바로 상호작용성의 완벽한 부재가 오히려 수용자의 능동성을 일깨우는 것이다. 이 텍스트들을 보통의 하이퍼텍스트 문학처럼 읽고자 한다면 수용자는 미리 프로그램화된 대상에 무력감을 느끼고 혼란스러워질 것이다. 이렇게 상호작용성의 부재를 통해 테마로 떠오르는 것은 이번에는 상호작용성 그 자체다. 상호작용성의 빈자리에서 독자는 자신이 작품을 통제할 수 없다는 사실을 새삼 인지한다. 작품을 열어볼 때까지 예상하지 않았던, 몰입의 갑작스러운 중단이 독자에게는 매체의 특성을 성찰하라는 하나의 도발로 기능하기 때문이다. 이러한 과정은, 하이퍼텍스트 문학 초기에 지나치게 강조된 상호작용성의 허상을 깨고, 실제로는 디지털 매체 표면 속으로 들어갈 수 없는 수용자의 역할을 직시하도록 도와준다.

101. 가상현실, 증강현실, 혼합현실: 가상은 잠재적인 현실이다

시각적 이미지의 대약진

하이퍼텍스트에서 하이퍼미디어로의 전환과 함께 주목되는 점은, 역사 속에서 언제나 문자의 미학적 경쟁자였던 '이미지'의 대약진이다. 1990년대 후반부터 사회 전반에 나타난 이미지의 강세는 학문적으로 "이미지로의 전환pictorial turn"[133]이라는 용어로 요약되며 디지털 공간에서도 두드러진다. 그중에서도 가장 대중적인 디지털 네트워크인 인터넷은 등장 초기 새로운 '문자매체'로 발전할 것이라는 문예학자들의 기대를 무너뜨리며 급속도로 비주얼화되었다.

이에 따라 디지털 문학도 텍스트와의 프로그래밍된 상호작용이라는 하이퍼픽션에서, 텍스트를 통한 다른 수용자와의 상호작용이 주를 이루었던 공동창작 프로젝트 시대를 넘어, 이제는 눈에 보이는 가상의 공간, 즉 시각적으로 구성된 작품과의 상호작용이 가능한 다음 단계로 진화하고 있다. 이러한 방향의 최종 단계는 무엇이 될 것인가?

디지털 문학의 미래는 컴퓨터 시뮬레이션이라는 기술의 뒷받침에 힘입어 내러티브가 강화된 가상현실Virtual Reality이 제공하는 직접체험으로 향하고 있다는 예상이 지배적이다. 이미 1990년대 후반부터 도입된 VRMLVirtual Reality Modeling Language은 하이퍼미디어 프레임에 삽입되어 입체적으로 구현되는 정보를 인터넷상에 전송하고 재현한다는 목적을 가지고 있다. "미래는 가상현실이라고 불릴 것이며, 이 3차원 세계를 묘사하는 언어는 VRML이 될 것이다."[134] 고도의 해상도를 자랑하는 3차원 그래픽이 네트워크상에서 실시간으로 가능해진다면, 이것은 우리의 컴퓨터 사용 환경을 급진적으로 바꾸어놓을 것이 분명하다. 그러나 가상현실도 다양한 단계로 이루어져 있으며, 섬세하게 분화되어 진화했다. 우리 책의 마지막 부분이 될 이 장에서는, 가상현실, 증강현실Augmented Reality, 혼합현실Mixed Reality이라는 다양한 형태의 '가상현실들'에 대하여 살펴보고, 디지털 문학과의 (가능한) 예술적 접점을 찾아보고자 한다. 물론 그 이전에, 지금까지 그래왔던 대로, 디지털 테크놀로지가 등장하기 이전부터 있었던 유사한 담론들과의 연결점을 찾아볼 것이며, 또한 그 사이에 놓여 있는 단절의 지점도 함께 고찰해볼 것이다.

가상현실들: 철학적 모델

디지털 기술이 우리의 일상적 삶에 깊이 들어온 뒤로 가상의 문제가 본격화된 것은 사실이지만, 이러한 논의가 반드시 최근 것만은 아니다. 특히 현실과 가상을 반드시 대립하는 개념으로만 보는 것이 아니라, 보다 다양한 관계를 모색하고자 하는 시도는 철학사 속에서 빈번히 발견된다.

독일의 철학자 볼프강 벨슈는 이 주제와 관련하여 현실과 가상의 관계에 따른 매우 흥미로운 사유 모델들을 소개하고 있다.[135] 인상적인 것은 대부분의 철학적 모델들이 현실/꿈, 현실/가상의 분리 가능성에 회의적이며, 우리가 발 딛고 서 있는 현실 개념 자체에 대한 확고한 신뢰도 결여되어 있다는 점이다. 꿈과 대비되는 현실의 성격을 사건의 '연속성'에 있다고 본 라이프니츠의 경우,[136] 꿈이 일관성을 가지고 연속적으로 나타나는 예외적인 경우에 대해서는 현실과 꿈의 구분 불가능성을 시사한다. 다시 말해 우리가 우리의 현실을 현실로서 인정할 수 있는 것은 계속 단절되는 꿈과는 달리 연속적인 성격을 가지기 때문인데, 만약 꿈이 연속적으로 계속된다면 그것은 현실과 구분할 수 없다는 것이다.[137] 만리장성을 축조하는 데 동원된 노예가 밤마다 중국의 황제가 되어 호화로운 생활을 하는 꿈을 꾼다면, 그리고 그 꿈이 연속적으로 밤마다 이어진다면 어떨까? 양편 모두 '현실적인' 연속성을 보인다면, 어떤 것이 현실인지는 개인적 선택의 문제가 될 것인가?

또한 플라톤은 잘 알려진 대로 동굴의 비유를 통해 우리가 인지하는 현실이라는 세계가 실제로는 '진짜' 현실의 그림자에 불과할 수도 있다고 피력했다. 물론 여기에서 더 중요할지도 모르는 사실은, 이 동굴 밖에는 '진짜' 현실이 있다는 점이다. 이것은 우리 시대의 영화 〈매트릭스〉(1999-2003)나 〈인셉션〉(2010)에 이르기까지 혹시 우리가 믿는 이 '현실'이 가짜로 밝혀지더라도, 진짜 '현실'은 저 밖 어딘가에 분명히 있을 것이라는 굳은 믿음을 전파한 이야기의 원형이기도 하다. 어떠한 경우이든 진짜 현실을 만나기 위해서는 우리가 마주한 현실에 대해 의심해보아야 한다.

이러한 현실과 가상의 전도, 혹은 현실에 대한 의심은, 니체에 이르면 극단적으로 전개되어 현실이란 처음부터 전혀 존재하지 않았던 것으로 선언된다.

> 『즐거운 학문』에서 니체는 자랑스럽게 적고 있다. "우리에게 '현실'이란 존재하지 않는다." 그가 말하고자 한 바는 다음과 같다. 현실은 일반적으로 우리가 무언가 객관적이라 생각한 그러한 것이 아니라, 그 반대라고 여겼던 쪽에 존재하는 것이다. 그것은 허구이며 인간적인 구성물이다.[138]

니체에 따르면 현실은 허구의 산실이며, 사회적으로 분배된 허구의 생산물일 뿐이다. 이것이 니체의 "허구로부터 현실의 탄생Geburt der Wirklichkeit aus der Fiktion"[139]이라는 테제이다. 플라톤과 비교하자면 여기 '이 현실'이 진짜가 아니라는 점은 유사하지만, 니체에게는 '저 밖의 진짜 현실'도 없다는 점에서 차이가 있다. 현실이 인공적 구성물이라면—그것이 너무나 성공적이기 때문에 우리는 그 사실을 종종 잊는 것인데—허구와 현실 사이에는 그 어떤 범주적이거나 존재론적인 구별도 가능하지 않을 것이다.[140]

현실과 가상이라는 두 개념이 서로 대립하지 않는다는, 이러한 일련의 이해 중 우리의 논의에 가장 많은 시사점을 던져주는 것은 아리스토텔레스와 미켈란젤로의 현실 모델이다. 아리스토텔레스는 창조 과정에서 생산품을 질료가 가진 하나의 가능성이 현실화되는 것으로 이해했다. 다시 말해 수공업자는 그에게 자유롭게 떠오르는 생각 중 하나를 현실화한 것이 아니라, 미완성 작품 속에 이미 존재하는 여러 잠재적 가능성 중 하나를 현실화한 것이다.[141] 조각을 예로 들자면, 헤르메스의 조각상은 이미 돌 속에 들어 있던 것이다. 물론 실제 형상으로서 그러한 것이 아니라, 가능성의 차원에서 그렇다. 마찬가지로 미켈란젤로도 예술가란 창조자가 아니라, 하나의 가능성을 질료로부터 해방하는 사람으로 이해했다. 그렇다면 그 스스로도 대리석에서 부스러기와 방해되는 것들을 털어내고 '다비드'와 '피에타'를 자유롭게 만들어주었던 셈이다.[142]

이러한 사유들에서 매혹적인 것은 현실의 질료 속에 하나의 가능성으로 잠재되어 겹쳐진 이미지를 이미 가상적으로 전제하고 있다는 점이다. 따라서 잠재적으로 가능한('지금 여기' 현실에는 부재하는) 세계가 우리의 현실에 가상적으로 깃들어 있고, 우리는 상호작용을 통해 그것의 출현을 도울 수 있다는 것이다. 현실에 이미 겹쳐 있는 가상적 가능성, 수용자와 상호작용하여 현실화될 수 있는 잠재적인 가상의 이미지는 우리가 생각한 '가상'의 개념을 확장할 수 있다. 무엇보다 현실 개념의 반대편에 어둠의 영역 속 그림자처럼 존재하던 가상을 현실 안으로 불러내어 하나의 실현 가능성으로 만들었다는 점은, 이러한 관점이 가진 매우 현재적인 측면이다. 동시에 현실과 대립되지 않는 가상, 현실과 여러 겹 겹쳐 있으며 수용자와 상호작용하여 현실화할 수 있는 가능성이라는 가상의 개념은 하이퍼미디어 문학 혹은 예술의 미학적 전략을 위해 활용할 수 있다.

하이퍼필름: 선택 가능한 가상현실

그렇다면 다시 애초의 논의로 되돌아가보자. 미래의 하이퍼미디어 문학이 가상현실의 형태로 발전한다면, 그것은 어떠한 형태를 가지고 있을까? 이것은 무엇보다도 가상현실이 선택 가능한 내러티브를 가지고 있어야 한다는 것을 의미한다. 여기서 현재 우리 시대의 가장 강력한 비주얼 내러티브 장르인 영화와 하이퍼미디어의 결합으로 이루어진 '하이퍼필름Hyperfilm'[143]이라는 하이브리드 예술 장르의 출현을 언급할 수 있다.

실제로 기술매체인 영화와 디지털의 상호작용은 이미 오래전에 시작되었고, 특히 영화에서 디지털의 간섭현상은 뚜렷하다. 최근 컴퓨터 그래픽의 사용은 영화제작에서 빼놓을 수 없는 요소가 되었으며, 카메라의 시선이 전혀 없이 순수한 컴퓨터 그래픽으로만 이루어진 영화도 출연한 지 오래되었다. 영화라는 매체 특유의 작동방식인 카메라 워크와 필름편집, 인터벌 없이 만들어진 최초의 영화 〈토이스토리 1〉(1995) 이후 컴퓨터 그래픽의 사용으로 제작된 하이피리얼리티는 영화 속에서 쉽게 찾아볼 수 있다. 카메라의 시선은 카메라 없이 컴퓨터로 시뮬레이션된다. 편집되는 것이 아니라 계산되는 것이다. 영화라는 매체조건과 특성을 표시하던 시간의 차이, 연속성, 모든 눈속임 효과는 영화의 플랫폼에서 사라지게 되었다.

그렇지만 디지털 매체만이 영화에 영향을 주고 간섭현상을 일으키는 것이 아니라, 반대방향의 영향도 관찰된다. 즉 디지털 매체의 시각적 묘사에도 영화라는 매체의 간섭이 강하게 나타난다. 디지털 매체의 시뮬레이션과 컴퓨터 게임은 바로 주관적 카메라 시점, 인물에 따른 시점 전환같이 우리에게 익숙한 전형적인 영화 기법을 통해서 형성되었다.[144] 벤야민의 시대와 마찬가지로 영화는 디지털 시대를 살아가는 우리에게도 "고전시대에 미학이라고 불렸던 인지방식의 표준이 되는 가장 중요한 대상"[145]으로 기능한다.

이렇게 영화와 디지털 매체의 충돌과 융합을 통해 실현된 하이퍼필름은 영화의 표현양식과 함께 하이퍼미디어의 다선형 내러티브 구조라는 특성을 동시에 가진다. 즉 하나의 출발점으로부터 다양한 갈래의 이야기를 포함하고 있어, 하이퍼텍스트 문학처럼 수용자가 다음 내용을 선택하며 이야기를 수용할 수 있는 형식이다. 이러한 형태의 영화는 이미 디지털 매체 등장 이전의 영화사에서도 찾아볼 수 있다. 우선 구로사와 아키라의 〈라쇼몽〉(1950)이 좋은 예가 될 수 있다. 이 영화에서는 이미 일어난 하나의 이야기가 사건에 연루된 사람들의 관점에 따라 전혀 다르게 재현된다. 서술자에 따라 달라질 수밖에 없는 사실이라면, 과연 하나의 진실이란 존재하는가 하는 질문을 던지는 것이다. 또한 관객이 이 사건을 이해하기 위해서는 나름의 숙고를 통해 서로 다른 이야기 버전 중 하나를 선택해야 하므로, 이것은 하이퍼픽션의 원칙을 연상시킨다. 이처럼 등장인물에 따라 동일한 사건이 서로 다르게 진행되는 경우도 있지만, 이와는 달리 주인공의 행동 차이 혹은 시간의 사소한 차이에 따라 전혀 다른 세계가 펼쳐지는 경우도 있다. 이러한 유형의 대표적인 예로는 〈롤라 런Lola Rennt〉(1998), 〈슬라이딩 도어스Sliding Doors〉(1998), 〈나비 효과The Butterfly effect〉(2004), 〈미스터 노바디Mr. Nobody〉(2013) 등의 영화들을 언급할 수 있다. 그렇지만, 이렇게 다선형 구조를 가진 기존 영화와 하이퍼미디어를 기반으로 한 하이퍼필름의 차이점은 분명하다. 전통적인 영화를 보는 관객은 내용 이해를 위해 모든 버전의 이야기를 관람해야 한다. 반면 하이퍼필름에서는 수용자가 선택한 버전만이 내러티브 전개에 의미가 있다. 두번째 차이는, 하이퍼픽션의 수용자는 허구의 내러티브를 하이퍼미디어가 구현할 수 있는 입체 이미지로, 즉 3D로 체험해야 한다는 것이다. 여기에서 다매체성과 상호작용성은 다차원성으로 결합되어 발전한다.

종합하자면, 하이퍼필름은 수용자의 개입으로 내러티브가 다양하게 변화하며, 이것을 직접 공간적으로 경험할 수 있어야 한다. 베겐바우어의 지적대로, "영화에서 가상현실로 향한 가장 큰 미학적 도약은 바로 상호작용성이다. 즉 영화가 제공하는 재현으로부터 가상현실에서 실현되는 퍼포먼스로 발전하는 것이다."[146] 마찬가지로 하이퍼텍스트가 하이퍼필름으로 가장 큰 도약을 이루는 것도 '읽는' 독서행위로부터 '직접 체험하는' 퍼포먼스로 발전하는 것이다. 입체적 장면화의 기법을 통해 이제는 수용자가 배우가 되어 무대 위로 오른다. '독서'가 이루어지는 공간도 이제는 대폭 확대되어, 개인적 공간에서 공공의 공간인 전시장, 무대, 도심으로 옮겨간다.

몰입의 체험 혹은 현실의 소멸

하이퍼필름에서는 몰입 현상을 실제로 몸으로 경험할 수 있다는 것이 가장 큰 특징이다. 현실과 다른 또하나의 세계로 빠져드는 미적 체험이 아날로그 매체에서는 수용자의 상상 속에서 일어나는 반면, 디지털 공간의 몰입에서는 수용자가 다른 세계로, 즉 가상세계로 직접 들어갈 수 있는 가능성이 부각된다.[147] 현실이 아닌 예술 공간을 체험하게 해주는 디지털 매체의 몰입 현상은 무엇보다 주체와 대상 간의 경계를 지우며 예술 자체의 존재 가능성에 질문을 던진다. 가상공간의 몰입 문제는 수용자가 더 이상 현실과 가상현실의 경계를 인지하지 못할 때 일어난다.[148]

어느 봄날, 나비의 꿈을 꾸고 나서 "내가 나비의 꿈을 꾸었는지, 아니면 나비가 지금 나의 꿈을 꾸고 있는지" 물었던 장자의 질문은 디지털 시대에서도 반복되고 있는 것이다. 장자의 이야기에서 장자와 나비 사이에는 근본적인 차이가 없는데, 이는 장자든 나비든 외부를 인지하는 주체는 동일하다는 사실에서 그렇다. 이 이야기에서는 몰입이 '주체의 확장', 혹은 내가 나를 잊고 다른 누군가가 된다는 미적 경험으로 이루어진다.

프랑스의 정신분석학자 라캉은 장자의 꿈 이야기에서 보이는 몰입 현상을 "주체의 미끄러짐"이라 해석하며, 이 이야기에서 겉으로는 균형을 이루는 것처럼 보이는 나비와 장자의 관계가 실제로는 불균형하다는 점을 지적한다. 장자는 자신이 누구인지 질문했지만, 나비는 질문하지 않았기 때문이다.[149] 즉 '인지하는 주체'는 동일하지만 '질문하는 주체'는 다르다. 바로 이러한 성찰의 태도가 가상현실을 다루는 데 필요한 자세가 될 수 있는데, 라캉에 따르면 장자는 질문할 줄 알았기 때문에 꿈에서 깨어날 수 있었다. 이렇게 '꿈'에서 깨어나기 위해 우선 직면한 현실에 대해 성찰해보는 태도는 앞서 살펴본 대로 서양에서는 플라톤에서 시작되었으며, 동서양을 막론하고 사상사 속에서 드물지 않게 등장한다.

장자가 꿈과 현실에 대한 질문을 던지고 오랜 시간이 지난 후, 그리고 니체가 1882년 『즐거운 학문』에서 현실이 지닌 가상성을 폭로하기 40년 전에, 독일의 인지과학자 헤르만 폰 헬름홀츠는 1842년 신경세포를 발견함으로써 인간이 원칙적으로는 현실과 꿈을 구분할 수 없다는 사실을 과학적으로 증명했다.[150] 우리의 대뇌에 도달하는 것은 외부 정보가 아니다. 대뇌에 도달하는 것은 외부로부터 자극받은 인간의 신경세포가 스스로 만들어낸 정보일 뿐이다. 따라서 컴퓨터가 자연법칙에 따른 외부 자극을 똑같이 재현해 신경세포에 전달할 수 있다면, 우리는 그 외부자극이 현실인지 가상인지 구분할 수 없다. 실제로 이러한 과학원칙을 바탕으로 가상현실 기술은 보다 '현실 같은' 가상을 실현하고자 발전했다. 가상현실 체험에서는 신체에 부착 가능한 센서인 사이버 헬멧과 데이터 글러브 등을 통해 자연법칙과 유사한 자극을 주면서 인간의 감각을 속인다. 1968년에 현대 가상현실의 선구자 이반 서덜랜드는 두 개의 모니터가 앞쪽에 붙어 있는 사이버 헬멧으로 최초로 가상현실 실험에 성공한다.

1980년대 후반에는 360도 회전이 가능한 군사 목적 비행 시뮬레이션이 탄생한다. 기술 축적으로 가상과 현실의 경계가 모호해진, 조작적 시뮬레이션으로 만들어진 세계가 이미 시작되었다고 판단한 보드리야르의 진단도 1980년대에 나왔다.[151] 다만 대다수 인류가 이를 인지하지 못할 뿐이라는 것이다. 볼츠는 이 같은 상황을, "시뮬레이션의 하이퍼리얼리티가 실제를 흡수하고 옳음과 그름, 실제와 가상에 대한 문제를 불필요한 것으로 만들어"[152]버렸다고 요약한다. 헬름홀츠가 이미 19세기 중반에 선언했듯, 세계는 더이상 물리적으로 존재하는 것이 아니라 단지 사회심리적으로만 존재하는 것이다.

이 때문에 가상현실의 탄생으로 '현실의 확장'이 아닌 '현실의 소멸'이 일어나고 있다는 진단이 설득력을 얻고 있다. 실제로 가상현실의 성공도를 높이기 위해서는 '실제 현실'의 정보는 모두 차단되어야 한다는 사실이 이를 뒷받침한다. 외부와의 노출을 최대한 차단해야만, 가상현실에 대한 몰입이 보다 성공적으로 일어날 수 있다. 수용자가 현실과 가상의 차이를 인식하지 못하면서, 미적 경험 대상과의 거리가 상실되고, 최종적으로는 그 대상 자체도 소멸한다. 보드리야르는 이를 "예술의 죽음"[153]이라고 명명한다. 이러한 상황에서 새로운 출구는 무엇이 될 것인가? 가상과 현실이 마치 동전의 양면처럼 서로 양립할 수 없는 개념이 아니라, 수없이 겹친 여러 '현실' 중 실현된 현실을 '현실'로 파악한, 우리의 철학적 모델들이 도움이 되지 않을까? 바로 이러한 인문학적 숙고와 '증강현실'이라는 최근 가장 주목받는 테크놀로지가 만난 곳에 '혼합현실' 프로젝트가 존재한다. 다시 말하면, 가상현실과 수용자 사이의 공간을 다시 돌려주는 작업이 다양한 하이퍼미디어 작품들 속에서 혼합현실이라는 새로운 프로젝트로 시도되고 있다.

혼합현실 프로젝트: 현실의 재구성

혼합현실은 현실과 가상현실이 혼합된 형태로, 1990년대 초반부터 시도된 증강현실이라는 콘셉트에서 출발해 인간과 가상현실 사이에 새로운 상호작용의 가능성을 열었다. 혼합현실 프로젝트는 처음에는 가상현실의 전 단계로 기획되었다. 기술적으로 완벽한 가상현실이 아직 구현되지 못하는 단계에서 현실과 가상을 이어주는 다리가 필요했던 것이다. 1994년 폴 밀그램과 후미오 키시노가 처음 제안한 혼합현실의 기본 개념은, 차단된 가상공간이 아닌 수용자가 대면하는 오픈된 현실공간에서 가상의 정보 일부를 이미지 혹은 문자로 실시간 볼 수 있도록 도와주는 것이었다.[154] 이 때문에 등장 초기에 혼합현실은 완벽하게 다른 세계를 구현하는 가상현실로 가는 '중간 과정'으로만 여겨졌다.

그렇지만 이 '중간 과정'이라는 혼합현실 개념에 잠재된 폭발적인 미학적·경제적·과학적 가능성을 발견하기까지는 그리 오래 걸리지 않았다. '중간'이란 얼마나 많은 '과정'을 포괄하는 명칭인가? 이제 혼합현실은 가상현실의 전 형태가 아닌, 가상현실보다 훨씬 미래적인 개념으로 발전하고 있다.

최근 '포켓몬 고Pokémon GO' 게임으로 전 세계의 주목을 받은 증강현실 기술은 사실 실험실에서는 이미 오래전에 이루어졌으며, 마케팅 분야의 상용화도 꾸준히 이루어졌다. 이미 2008년에 자동차회사인 BMW는 잡지의 가장 뒷면에 '미니 쿠퍼'에 대한 증강현실 광고를 실은 바 있다. 이는 홈페이지에 접속하여 웹캠으로 광고를 촬영하면 실시간으로 입체적인 자동차 형태가 잡지 위에 나타나도록 기획된 것으로, 어느 정도의 상호작용까지 허용했다. 그렇지만 증강현실이 가장 많이 활용된 분야는 모바일 어플리케이션 서비스이다. 현실의 객체를 모바일 기기로 들여다보면 가상의 객체가 겹쳐져서 상업 정보가 실제 환경 위로 서비스되는 프로그램은 스마트폰 활용에서 그리 진기한 것이 아니다. 물론 지금까지 실현된 대부분의 프로젝트는 엄밀히 이야기하자면 혼합현실이 아닌 증강현실로 분류될 수 있다. 증강현실과 혼합현실의 차이는 증강현실이 실현되기 위해서는 반드시 디스플레이 기기가 필요하다는 점인데, 따라서 아직 2차원으로 나타나는 모든 프로젝트는 증강현실 단계라고 할 수 있다.[155] 만약 디스플레이 기기 없이도 직접 현실에 가상 객체를 겹쳐 볼 수 있다면, 그것은 혼합현실이 실현된 것으로 볼 수 있다.

혼합현실 프로젝트에서 가장 흥미로운 것은 가상 이미지나 문자 정보가 현실과 동일한 층위에서 삽입된다는 것이다. 수용자는 가상현실과 현실을 동시에 관찰할 수 있으며, 스스로 두 개의 현실을 구성하고 이들 세계와 상호작용한다. 현실과 또하나의 현실인 가상현실 사이에는 수없이 많은 '혼합된 현실'들이 사이 공간으로 존재하며, 이 '추가적 현실'들은 그 가상의 정도나 현실과의 연관성을 필요에 따라 강하게 혹은 느슨하게 조절 가능하다. 다시 말해서, 실제세계와 가상세계 사이에는 수많은 단계의 혼합현실이 존재하며, 어디까지가 현실이며 어디까지가 가상인지는 예술가가 자유롭게 설정할 수 있다. 혼합현실의 비주얼 정보는 반드시 사진과 같은 사실성을 가질 필요가 없으며, 예술적 변용과 적용도 가능하다. 따라서 혼합된 현실은 양쪽 현실의 융합에만 기여하는 것이 아니라, 오히려 그 차이를 눈에 보이는 것으로 만들어준다.[156]

이제는 현실이 가상현실로 대체되는 것이 아니라 보충된다. 몰입을 지향하는 가상현실이 현실세계의 정보를 틈새 없이 차단하는 반면에, 눈앞에 펼쳐지는 현실을 낯설게 만드는 혼합현실의 수용자는 두 가지 현실을 동시에 인지하고 양쪽과 상호작용할 가능성을 모두 열어두고 있다. 이러한 혼합현실 방식으로 컴퓨터를 사용하는 인터페이스가 바뀔 것이라는 전망도 가능하다. 마치 영화 〈마이너리티 리포트〉(2002)에서 이미 보여준 대로 말이다. 두 개의 다른 현실을 수용자가 동일한 층위에서 관찰하고 재구성할 수 있기 때문에 혼합현실은 꿈과 현실의 구분이라는 오래된 질문에 대답하는 디지털 예술의 새로운 장르로 부상하고 있다.

이러한 혼합현실이 디지털 문학과 예술에서 어떻게 구현되는지는 디지털 아티스트 카밀 우터벡과 로미 아키튜브의 디지털 포엠 「텍스트 레인Text Rain」(1999)[157]이 2차원의 초기 형태, 즉 증강현실을 활용하여 보여주고 있다. 이들은 지금까지도 꾸준히 일련의 유사한 작품을 선보이는데, 가장 초기 작품인 「텍스트 레인」은 수용자가 직접 몸으로 체험할 수 있는 상호작용적 설치물로 기획되었다. 수용자의 모습은 실시간으로 모니터 위의 흑백화면으로 영사되는데, 이는 색의 탈색으로만 구분되는 친숙한 현실의 재현처럼 보인다. 그러나 좀더 자세히 살펴보면, 화면 속 세계는 실제 현실의 직접적 모사가 아니라 이질적인 두 공간의 혼합으로, 하나의 낯선 가상현실이 겹쳐 있음을 확인할 수 있다. 화면 위의 세계에서는 색색의 문자가 방문자의 머리와 어깨 위로 떨어지기 때문이다. 이 문자빗방울들은 수용자의 움직임에 반응하고, 수용자는 화면 위 자신의 실루엣을 따라 잠시 움직임이 둔해지는 알파벳들을 통해 단어나 문장을 인식한다. 독자의 개입으로 작품의 의미가 파악된다는 점에서 프로그램화된 상호작용성을 보여주지만, 무엇보다도 이 작품은 수용자가 자신이 보이는 실제 환경과 가상 환경 양쪽과 모두 관련을 맺고 있다는 점에서 혼합현실의 면모를 가진다.

실제로 작가는 이 작품에서 "현실과 상상 속 공간 사이의 대화",[158] 즉 현실과 가상현실이라는 두 세계가 수용자를 통해 혼합되어 소통이 이루어진다고 말한다. 두 현실을 하나로 연결하는 인터페이스는 바로 수용자의 몸이다. 작품은 말하자면 '이상한 거울'처럼 기능한다. 수용자의 모습을 거울처럼 그대로 보여

우터벡의 홈페이지에 소개되어 있는 「텍스트 레인」의 한 장면. 수용자의 실루엣을 따라 문자빗방울이 모이며, 이 문자들을 의미 있는 텍스트로 인식할 수 있다.

주지만, 여기에 실제 현실에서는 없는 가상적 객체를 끌어들이는 것이다. 작품의 화면은, 수용자 몸의 움직임을 보여주는 실제 세계의 전사와 인공적 문자 세계의 혼합을 통해 서로 다른 현실과 공간을 이어주는 '사이공간'으로 전환한다. 프랑스 철학자 미셸 푸코는 '거울'의 은유를 통해 서로 다른 성격의 두 가지 공간을 잇는, 경계의 성격을 갖는 공간을 설명하는데, 이러한 다른 성격의 공간을 "헤테로토피아Heterotopia"[159]로 명명한다. 헤테로토피아는 자신과 관계하는 두 세계를 분리하는 동시에 지시한다. 우선적으로 경계와 차이를 인식하고, 이 경계에 대한 인식이 비로소 서로 다른 공간에 대한 관찰을 가능하게 하는 것이다. 따라서 이 작품의 화면은 헤테로토피아적인 거울로 기능한다고 볼 수 있으며, 서로 다른 세계를 관찰자에게 지시하는 공간으로 기능한다. 낯익은 세계 위로 겹치는 낯선 세계는 현실을 다른 눈으로 바라보도록 만든다.

수용자가 몰입된 채로 빈틈없이 진행되는 가상현실이 아닌, 현실과의 충돌을 통해 그 경계를 보여주고 수용자가 그 틈 안에서 두 세계를 직접 구성할 수 있는 혼합현실이라는 하이브리드는 하이퍼미디어 문학이 취할 수 있는 대안 전략이다. 물론 여기서 독자가 경험하는 독서의 즐거움과 성찰의 가능성을 기술 자체가 담보하지는 않는다. 혼합현실의 치명적인 문제점은, 가상의 객체가 '리얼하게' 현실의 배경 위에 펼쳐질 경우, 가상의 객체와 현실의 구분이 더욱 어려워질 수 있다는 점이다. 따라서 하이퍼미디어 문학이 취할 수 있는 전략은 우선적으로 그 경계를 보여주는 것이다. 여기에 수용자의 능동적 참여가 요구되는 것은 종이로 인쇄된 이전 문학작품의 경우와 동일하다고 할 수 있다. 아날로그 기술매체가 출현한 최초의 격동기를 살았던 독일 작가 브레히트는 "경계를 드러내고, 틈을 보이며, 계속해서 무너지는 작품"만이 오래 유지되는 작품일 것이라고 노래했다. 이러한 작품만이 수용자를 능동적으로 전환시킬 수 있다는 것이다. 마찬가지로 디지털 매체에서도 이제 점점 불분명해지는 현실과 가상의 경계를 드러내고, 그 '사이'의 틈을 보여주는 작품들이 독자의 성찰을 촉발할 것이다.

111. 에필로그: 계속되는 사이공간의 미학

상승과 하락의 순간들

디지털 문학은 짧은 역사에도 불구하고 많은 상승과 하락의 '순간들'을 경험했다. 최고의 칭송을 받다가 다음 순간 그 황금기가 지나갔다고 선언된다. 실상 디지털 문학뿐 아니라, 새로운 기술과 관련된 것들이 모두 그러한 면모를 가졌다. 가치가 반으로 줄어드는 시간을 뜻하는 '반감기'는 새로운 매체일수록 점점 더 빨라지고 있는 것이다. 새로운 미학의 키워드로 불렸던 하이퍼텍스트도,[160] 전 세계를 눈에 보이지 않는 광섬유 거미줄로 꽁꽁 묶었던 월드와이드웹도, 인류에게 가상세계로 들어가는 가장 강력한 플랫폼이 되어주었던 퍼스널 컴퓨터도 이미 모두 그 종말이 선언된 상태다.[161]

2010년 8월『와이어드』지 표지. '웹의 죽음'을 주제로 다뤄 큰 파장을 일으켰다. 인터넷 접속 시 모바일 커뮤니케이션의 활용도가 더 높아지면서 퍼스널 컴퓨터가 매체 환경에서 퇴장하고 있으며, 퍼스널 컴퓨터에 최적화된 웹 또한 그 소임을 다하고 있다고 보았다.

데이터 저장을 위한 외장 도구인 CD, 플로피 디스크, DVD도 모두 '옛' 매체가 되었으며, USB도 곧 그뒤를 따를 것으로 보인다. 이러한 상황을 고려하면, 우리가 새로운 매체와 그와 관련된 여러 현상을 분석할 때, 개별적이며 특수한 하나의 장르나 도구에 천착하기보다 어느 방향으로 진행되고 있는지 전체적인 흐름을 파악하는 것이 더 유의미하다는 점이 드러난다. 디지털 문학은 1980년대 후반 하이퍼픽션에서 시작하여, 공동창작 프로젝트, 디지털 포엠을 거쳐 현재는 매우 다양하게 분화하고 있으며, 지금의 키워드는 단연 멀티미디어와 하이브리드로 요약된다.

디지털 문학의 미학적 분석에서 유의미한 개념들이 모두 1990년대 디지털 테크놀로지가 본격적으로 등장하기 이전에 형성되었다는 사실은, 생각보다 훨씬 더 먼 과거의 공간으로 이 논의를 확장할 수 있음을 시사한다. 실제로 하이퍼텍스트에 대한 많은 논의는 플라톤의 문자 비판인 『파이드로스』에서 시작하며, 그 형태적 기원도 원래 있는 텍스트 위에 계속 덧붙여 쓰기가 가능했던 중세의 재록 양피지나 고대의 파피루스까지 거슬러올라간다. 그렇지만 보다 직접적인 연관성을 따진다면, 상호텍스트(크리스테바), 상호작용(릭라이더), 상호매체(더크 히긴스) 등의 개념은 모두 1960년대에 확립되었으며, 기이하게도 하이퍼텍스트(테드 넬슨)와 가상현실(이반 서덜랜드)에 대한 개념 정의도 1960년대에 나왔다. 디지털 문학의 위대한 순간을 담고 있던 씨앗은 1960년대 서구사회에 충만하던 사회 혁신과 자유의 물결 속에 잉태되었던 것이다.

이러한 사실을 배경으로, 이 책에서 집중적으로 다룬 것은 하이퍼텍스트 혹은 하이퍼미디어 문학이 본격적으로 시작된 이후의 시기다. 1987년 최초의 하이퍼픽션이 등장한 때가 그 시작이었다고 할 수 있다. 이후 디지털 문학이 걸어온 시기를 세 시기로 나누고, 각각의 시기에 중심이 되었던 미학적 논의를 상호텍스트성, 상호작용성, 상호매체성으로 상정해 살펴보았다.

상호텍스트와 빈 공간

디지털 문학의 상호텍스트적 분석에서는 텍스트의 상호 지시관계라는 뚜렷한 형식적 유사성에도 불구하고 실제로는 이에 대한 미학적 요구가 거의 충족되지 않는다는 사실이 분명해졌다. 하이퍼텍스트의 출현 이후, 많은 문예학자가 하이퍼텍스트와 '끝없이 이어지는 입체적 텍스트'라는 개념의 상호텍스트성이 갖는 연관관계에 주목했다. 그럼에도 현재 하이퍼텍스트를 둘러싼 상호텍스트 관련 논의는 하이퍼텍스트가 상호텍스트적 시뮬레이션에 불과하다는 것으로 압축된다.

특히 쥘리아 크리스테바가 제시한, 모든 존재하는 현상 텍스트인 '페노-텍스트'의 근간이 되는, 존재하지 않는 가상적 텍스트인 '제노-텍스트' 개념과의 연관하에 살펴보면 이러한 면모는 분명해진다. 미리 프로그래밍된 텍스트 상호관계에서는 독자 입장에서 생산적 경험을 할 수 있는 기회가 매우 제한된다. 크리스테바의 상호텍스트성 모델에서 강조된 것은, 유일한 의미 생산자이던 작가는 이제 서로 다른 담론들의 교차점으로 변환되고, 텍스트는 특정 작품과 맥락으로부터 떨어져나와 수용자들이 다양한 의미를 자유롭게 구성할 수 있는 장소가 된다는 점이다. 그렇지만 하이퍼텍스트 문학에서는 독자가 자신의 연상을 발전시켜야 하는 바로 그 장소에, 작가로부터 이미 경로가 정해진 하이퍼링크만이 존재한다. 어떠한 오류도 없이 완벽하게 작동하는 하이퍼텍스트 시스템을 가정한다면, 독자는 상상력의 자유를 단지 주어진 링크 중 하나를 고르는 선택의 자유로 대체해야 하는 상황에 놓인다.

이러한 하이퍼텍스트의 약점을 보완할 수 있는 미학적 전략은 작가/프로그래머가 자신의 작품에 빈 공간을 함께 만들어, 이곳에서 독자들이 작품에 대한 자유로운 연상을 펼치도록 하는 것이었다. 새로운 매체의 등장 초입에 많은 몽상가가 염원했듯, 이러한 프로젝트에서는 글을 읽는 이가 매우 간단하게 글을 쓰는 사람으로 전환될 수 있다. 그렇지만 전환의 경험이 어디까지나 프로젝트 진행자가 정한 범위 안에서만 가능하다는 점은 모든 하이퍼텍스트 문학의 공통점이며, 간과해서는 안 되는 지점이기도 하다.

상호작용성과 매체에 대한 성찰

상호작용성의 경우 그 미학적 전략으로는 '몰입의 빈틈'이나 반대담론인 '(상호)수동성'을 들 수 있다. 인공지능 연구에 대한 대안으로 발전된 개념인 상호작용성은, 과제의 처리와 커뮤니케이션 과정에서 여기에 참여하는 인간의 역할이 강조되었다. 기계와 대화하는 것을 목표로 한 최초의 발전 단계로부터 직접 조작, 그리고 위임 단계에 이르기까지 상호작용성이라는 콘셉트는 인간과 컴퓨터의 협력이라는 비전을 중심에 두고 발전한다. 바로 이러한 근본 동기가 새로운 매체예술의 형식을 구성하는 데 많은 영향을 주었다.

그러나 이상적인 상호작용성의 개념과 면밀히 비교해보면, 우리가 현재 경험하는 디지털 매체의 상호작용은 실상 완전한 환상에 불과하다는 점을 쉽게 알 수 있었다. 독자/사용자는 작가/프로그래머가 만든 매체의 표면 위에만 머물 뿐, 텍스트/시스템에는 아무런 영향을 줄 수 없는 것이다. 일상이 되어버린 컴퓨터와의 가상적 상호작용은, 그렇기 때문에 시스템 오류가 발생할 경우에만 본모습을 드러낸다. 즉 실제로는 진정한 상호작용을 허락하지 않는 디지털 매체의 속성을 보여주는 것이다. 이때 매체를 수용하는 독자의 몰입에도 작은 균열이 생긴다. 이러한 균열, 상호작용의 빈 공간을 의도적으로 만들면 어떨까? 바로 이러한 의도를 예술적으로 형상화한 작업은 평소에는 매끄럽게 진행되는 상호작용적 관계가 사실은 거짓이었음을 폭로한다. 디지털 문학의 상호작용성에 대한 이론에서 지금까지 쉽게 간과된 사실은, 작가나 프로그래머가 창작 단계에서 어느 정도까지 수용자에게 상호작용을 허용할지 이미 정한다는 점이다. 이 때문에 작가가 의식적으로 제한한 상호작용의 가능성을 통해서 이러한 짧은 성찰의 순간을 경험할 수 있다. 이처럼 디지털 문학의 상호작용성에서 미학적 전략의 핵심은 매체에 대한 성찰이 가능한 순간을 제공하는 것이다.

상호매체성과 시뮬레이션

마지막으로, 상호매체성에 관한 논의에서는 텍스트 사이에 놓인 상호 지시적 의미의 공간이 매체형식적 차원으로 확장되었다. 여기에서는 숨겨진 매체성을 들추어낼 수 있는 사이공간—단절, 여백 혹은 흰 공간이나 검은 화면 등으로 다양하게 불린—이 연구의 중심이 된다. 이질적인 두 공간 사이에 위치한 사이공간은 양쪽 공간의 차이점과 유사점을 관찰하고, 이들 간의 관계를 확정할 수 있는 장소이다. 이러한 사이공간을 기반으로, 아방가르드로부터 구체시를 지나 초기 영화작품까지 20세기의 예술사적 모던을 특징지은 매체혼합 형식들은 매체성을 통해 재료의 물질적 측면에 대한 성찰을 강조하는 뚜렷한 경향을 보여준다.

그러나 이러한 매체적 차이들이 이제 유지되지 않는다는 것이 우리 시대의 상호매체성을 복잡하게 만드는 원인이다. 다시 말하자면, 디지털 시대의 컨버팅을 통해 모든 매체적 차이는 매끈한 표면 속으로 사라져버린다. 수용자는 여전히 하이퍼미디어적 작품을 다매체적인 것으로 인지하고 수용하지만, 실제로 이들의 매체성이란 동일한 컴퓨터 코드가 다양한 조합으로 만들어내는 일시적 형상일 뿐이다. 따라서 이러한 매끈하고 동일한 표면에서 '그 사이'에 대한 매체적 통찰을 하기 위해서는 전략적으로 가상의 경계가 눈에 보이는 것으로(혹은 귀에 들리는 것으로) 표현되어야 한다. 이것이 성공하는 경우에는 디지털 예술작품 속에서도 의미론적 부분과 이러한 의미를 전달하는 기술적 측면이 서로 간섭하는 현상을 관찰할 수 있다.

디지털 문학이 제기하는 문제들

하이퍼텍스트/하이퍼미디어에 기반을 둔 디지털 문학을 분석한 결과, 우선 창작 작품이 절대적으로 부족했다. 디지털 문학은 세계 어느 곳에서도 아직 실험 단계를 벗어나지 못하는 것이 사실이기 때문이다. 디지털 문학이 어느 정도 진행되고 있는 곳은 실험적인 예술 전통을 가지고 있는 서유럽과 '캘리포니아 이데올로기'의 고향이자 IT 강국인 미국 정도라고 할 수 있다. 우리나라에서는 1990년대에서 2000년대 초반까지 시도된 몇 번의 실험[162] 이후 '디지털 예술'의 이름으로 산발적으로만 진행되고 있다.[163] 따라서 이 책에서 예로 든 작품들도 항상 전체적으로 완성된 문학작품으로서가 아니라, 어떤 경우에는 발전 가능성이 있는 흥미로운 발상으로서만 우리의 관심을 끈다. 이러한 디지털 문학의 특수한 상황으로 인해 이 분야에서는 엄격한 해석학적 분석을 적용하는 방식은 큰 성과를 거두지 못하고 있다.

그다음으로 주목되는 사실은, 하이퍼텍스트/하이퍼미디어에 기반을 둔 문학에서는 수용 형태가 점점 더 외부 영향에 좌우된다는 점이다. 1990년대 초반의 하이퍼텍스트 연구가들이 희망하던 "작가의 죽음"이라던가 독자와 저자가 결합된 개념인 "독저자[Wreder]"(조지 랜도)의 탄생은 끝내 실현되지 않았고, 작가의 권력은 오히려 디지털 문학에서 어느 때보다 더 강화되고 있다. 작가는 이제 프로그래머로서, 혹은 프로젝트 지휘자로서, 적대적으로 설치된 에이전트 프로그램을 통하여, 독자의 '자유로운' 연상에까지 영향을 미친다.

이러한 디지털 문학의 발전 경향은 가상현실이라는 다음 단계를 통해 '문학'에 대한 근본적인 질문을 던진다. 보다 강화된 다매체화는 문자의 영역을 축소하며, 문학의 정의에도 새롭게 도전하고 있는 것이다. '문자'가 거의 등장하지 않는 문학을 우리는 계속해서 '문학'으로 정의할 수 있을까? 애초에 디지털 문학이란 디지털 매체에서만 재현되고 수용될 수 있는, 즉 다시 종이 위로 인쇄될 수 없는 성격의 문학을 뜻했다. 그것이 이제는 '문학적 성격을 가지고 있는 디지털 예술'로 바뀌는 경향을 보인다. 내러티브의 성격이 강한, 즉 텍스트성이 강하게 내재되어 있는 것만으로도 예술은 문학이 될 수 있을까? 디지털 문학이 점점 더 상위개념인 디지털 예술로 수렴되면서, 보다 첨예해지는 것은 '문학이란 무엇인가' '예술이란 무엇인가'에 대한 근본적인 질문이다. 지금까지 모든 전위적인 예술이 그러했듯, 현재 문학과 예술의 확고한 정체성과 권위에 가장 격렬하게 도전하고 있는 것은 디지털 문학과 미디어 아트인 것이다.

가상현실이 내포하고 있는 또다른 문제제기는 '현실의 해체'에 관한 것이다. 가상과 현실을 대립하는 것으로 파악한다면, 가상 영역의 확대는 바로 현실의 축소를 의미한다. 보드리야르의 예견처럼 우리의 현실은 하이퍼리얼리티 속으로 사라지고 있는가? 실제로 지금까지 구현된 하이퍼리얼리티는 실제 현실과의 지시관계 없이 생성되며, 이는 현실 세계에서 지각되는 정보가 이제는 컴퓨터가 만드는 가상적 자극으로 대체되면서 가능해진다. 새로운 매체가 만드는 가상현실은 매체 수용자에게 상상의 세계를 실제로 재현하여 보여주지만, 이러한 상상의 세계는 수용자로부터 만들어지는 것이 아니라, 이미 외부로부터 만들어져 주입되는 것이다. 가상현실에 빠져들어 가상과 현실을 구분하지 못하는 '자아의 흡수' 현상은 이러한 이유로 예술작품 속에 몰입하여 자아를 잊어버리는 예술적 감상과는 비교될 수 없다. 문학작품 등이 만드는 예술적 환상세계는 작품에 바탕을 두고 연상된 것이라 해도 수용자의 상상 속에서 완성되기 때문이다. 이와는 달리 하이퍼미디어가 제공하는, 타인이 완성한 하이퍼리얼한 세상에서는 점점 더 정교해지는 조작의 위험이 내포되어 있다.

이러한 상황에서 바로 지금까지 다룬 미학적 전략, 즉 이질적 공간과 사물 사이에 놓인 사이공간을 발견해내는 전략이 하나의 해결안으로 등장한다. 이와 함께 드디어 하이퍼미디어도 더 이상 매체 간 차이를 시뮬레이션함으로써 그럴듯한 효과를 만드는 것이 아니라, 스스로 특수한 경계지역을 설정함으로써 독자적 미학으로 발전할 수 있는 가능성을 발견한다. 이렇게 우리는 마지막 단계에서 현실과 가상현실의 혼합 형태인 혼합현실이라는 개념을 만난다. 혼합현실에서 수용자는 실제 환경 속에 편입된 가상현실을 보면서 두 현실과 동시에 관련을 맺는다. 가상현실에서 효과적인 시뮬레이션을 위해 실제세계의 정보는 빈틈없이 차단되어야 하는 반면, 혼합현실에서는 (경계를 보이도록 만들어진 경우에) 서로 다른 세계에 대한 조망이 가능하다. 실제세계와 가상세계 사이에는 수많은 단계의 혼합현실이 존재 가능하며, 어디까지가 현실이고 어디까지가 가상인지는 예술가가 자유롭게 설정할 수 있다. 이러한 작품들에서는 작품의 표면이 실제세계의 전사와 인공적인 문자 세계의 혼합을 통해 푸코적 의미의 거울로 전환됨을 관찰할 수 있다. 이 거울은 동시에 서로 다른 세계를 관찰자에게 지시하는 사이공간으로 기능한다.

이처럼 하이퍼미디어에서의 문학 실험은 앞으로 미디어 외부에는 아무것도 존재하지 않고 '미디어 속'으로 흡수될 것이라는, 현재 널리 퍼져 있는 시각과는 다르게 모든 것이 미디어와 '결합'하여 여전히 '현실 속'에 존재할 것이라는 새로운 전망을 낳는다. 예를 들면, 1999년 「텍스트 레인」이라는 상호작용이 가능한 아름다운 디지털 포엠을 선보인 카밀 우터백은 최근작 〈천상과 세속의 춤Dances of the Sacred & Profane〉(2014)에서 시의 공간을 극장 무대로 전환시키고, 〈풍요abundance〉(2007)에서는 '미디어 파사드' 형식을 빌려 작품 공간을 대도시 건물의 외벽으로 확장시킨다.[164] 여기에서는 텍스트가 직접 나오는 것이 아니라, 선택과 결합이라는 하이퍼텍스트의 원칙이 추상화되어, 인간의 몸과 상호작용하는 가상의 객체들로 표현된다. 중요한 점은 관람객이 현실과 가상의 경계를 인식하고 그 사이를 유영하는 것이다. 이 때문에 하이퍼미디어 공간의 깊은 바다 속에 잠길지라도 그 사이로 성찰 가능한 틈새를 발견하는 일은 미학적으로 점점 더 중요해진다. 매체의 매끈한 표면 속을 꿰뚫어보는 시선의 연마가 계속 복잡해지는 매체를 다룰 수 있는, 우리 시대의 진정한 매체능력인 것이다.

다른 한편으로는, 이러한 시각이야말로 역사 속에서 일상적 의사소통의 의미 전달을 낯설게 만들고, 여기에 새로운 의미를 부여한 문학의 특권이자 역할이기도 하다. 이렇게 상호매체적 인지에 대한 요구는 최종적으로 '대상을 성찰할 수 있는 공간'에 대한 문예학적 요구로 전환된다. 이 공간에서 보존되는 것은 다름 아닌 미학적 대상을 관찰할 때 없어서는 안 될 대상과의 '거리'이다. 이러한 거리를 확보할 때에만, 점점 더 가상화되어가는 매체 환경 속에서 경계를 인지할 수 있다.

우리는 불과 몇십 년도 안 되는 시기에 어느 시대보다도 빠른 매체의 반감기를 겪고 있다. 한때 미래의 상징이었던 하이퍼텍스트와 퍼스널 컴퓨터, 웹이 '지나가버린 낡은 매체'로 이야기되는 지금, 아마도 머지않은 시기 우리 다음 세대는 소셜 네트워크나 모바일 커뮤니케이션, 클라우드 저장 시스템을 모두 낡은 것으로 치부하게 될 것이다. 그렇기에 그다음에는 무엇이 올 것인가 하는 질문보다는, 그때에도 우리가 대상과의 거리를 확보할 수 있느냐가 더 현재적이고 유의미한 질문이 될 것이다.

주

1 '캘리포니아 이데올로기'에 대해서는 이 책의 「'새로운 매체에 대한 열광'이라는 패턴」(25쪽) 참조.

2 Robert Coover, "The End of Books", in *The New York Times*, June 21, 1992.

3 Norbert Bolz, *Am Ende der Gutenberg-Galaxis. Die neuen Kommunikationsverhältnisse*, München, 1993. 이 책의 한국어판은 노르베르트 볼츠, 『구텐베르크-은하계의 끝에서』, 윤종석 옮김(문학과지성사, 2000).

4 이에 대한 각성의 글은 다음을 참조. Roberto Simanowski, "Tod des Autors? Tod des Lesers!", in: Friedrich W. Block, Ch. Heibach, Karin Wenz, *p0es1s.Ästhetik digitaler Poesie*, Berlin/Stuttgart, 2004, 79-92쪽.

5 인터넷 접속의 플랫폼이 바뀐 결정적인 계기는 2007년 미국의 애플 사에서 모바일 기기의 자판을 없애고 혁명적인 운영체제를 탑재한 아이폰 시리즈를 세상에 내놓은 것이다.

6 가장 단적인 예로, 미국의 대표적 하이퍼텍스트/하이퍼미디어 작가인 마크 아메리카의 1997년작 『그라마트론』과 2003년작 『필름텍스트*Filmtext*』를 비교해보면 짧은 시기 동안 네트워크 문학에서 어떻게 다매체화가 빠르게 진행되었는지 잘 관찰할 수 있다.

7 정과리, 『문명의 배꼽』(문학과지성사, 1998), 118-119쪽 참조.

8 이에 대한 흥미로운 이야기는 다음 책 참조. Friedrich Kittler, *Grammophon*

Film Typewriter, Berlin, 1986.

9 Heiko Idensen, "Hypertext als Utopie—Entwürfe postmoderner Schreibweisen und Kulturtechniken", http://www.netzliteratur.net/idensen/utopie.htm.(1995년 힐데스하임 대학의 홈페이지에 게재되었으며, 현재는 네트워크와 관련된 문서의 아카이브인 netzliteratur.net에 저장되어 있다.)

10 이에 대해서는 다음 글 참조. Dietmar Kamper, "Der Januskopf der Medien. Ästhetisierung der Wirklichkeit, Entrüstung der Sinne. Eine metatheoretische Skizze", in: Florian Rötzer (Hrsg.), *Digitaler Schein. Ästhetik der elektronischen Medien*, Frankfurt am Main, 1991, 93-99쪽.

11 이 중에서는 단연 플라톤의 문자 비판이 가장 유명하다. 플라톤, 『파이드로스』, 조대호 역해(문예출판사, 2008) 참조.

12 『요한복음』 1장 1절. 여기서는 다음에서 재인용했다. Heiko Idensen, Mattias Krohn, "Die imaginäre Bibliothek", http://90.146.8.18/de/archives/festival_archive/festival_catalogs/festival_artikel.asp?iProjectID=8949.(현재는 ars electronica의 카탈로그 아카이브에 저장되어 있다.)

13 다시 한번 하이코 이덴젠의 「유토피아로서의 하이퍼텍스트」를 언급할 수 있겠다.

14 Ruth Mayer, Ernst-Peter Schneck, "Hyperkultur—die ganze Welt ist ein Text", in: Martin Klepper, Ruth Mayer, Ernst-Peter Schneck (Hrsg.), *Hyperkultur. Zur Fiktion des Computerzeitalters*, Berlin/New York, 1996, 1쪽.

15 같은 곳. 원문은 "……den ultimativen Text, der von allen bearbeitet, ergänzt, gelesen werden kann, kurz – das absolute Buch."

16 Agentur Bilwet, *Der Datendandy. Über Medien, New Age und Technokultur*, Mannheim, 1995, 210쪽.

17 Hanjo Berressem, "Unterwegs im Docuversum. Zur Topologie des Hypertext", in: Martin Klepper, Ruth Mayer, Ernst-Peter Schneck

(Hrsg.), *Hyperkultur. Zur Fiktion des Computerzeitalters*, 108-129쪽 참조. "하이퍼텍스트나 인터넷과 같은 많은 동시대의 기술적 발전들은 쓰기의 기술에 그 기반을 두고 있다."(108쪽)

18 Agentur Bilwet, 같은 책, 211쪽.

19 같은 곳.

20 "서핑만 하던 어린이들이 다시금 읽고 쓰고 있다!" Gundolf S. Freyermuth, "Ein Nachruf auf die Hypertext-Bewegung". 독일 인터넷 잡지 『텔레폴리스*Telepolis*』 1999년 4월 17일자에 실린 글.

21 Nina Janich, "Electronic Mail, eine betriebsinterne Kommunikationsform", in: *Muttersprache. Vierteljahresschrift für deutsche Sprache*, Bd. 104 (1994), 248-259쪽 참조. "왜냐하면 이제는 아주 사소한 일들도 메일로 쓰고, 예전에는 구두로 약속하고 전달하던 많은 것들을 문서로 보내기 때문이다."(258쪽)

22 1990년대 초반의 이러한 현상은 그후 실시간 대화 소프트웨어인 '메신저Messenger'를 통해 강화되고, 최근 모바일 커뮤니케이션의 SNSSocial Networking Service를 통해 지금까지 유지된다고 볼 수 있다.

23 Hilmar Schmundt, "Strom, Spannung, Widerstand. Hyperfictions—die Romantik des elektronischen Zeitalters", in: Martin Klepper, Ruth Mayer, Ernst-Peter Schneck (Hrsg.), 같은 책, 45쪽.

24 원문은 "(D)ie Computer-Euphorie war anfänglich eine monomediale Euphorie." Manfred Faßler, "Hybride Gegenwarten, cybride Räume. Entwürfe, Gruppen, Gemeinschaften im World Wide Web", in: M. Faßler, U. Hentschläger, Z. Wiener, *Webfictions. Zerstreute Anwesenheiten in elektronischen Netzen*, Wien/New York, 2003, 30쪽.

25 J. D. Bolter, "Das Internet in der Geschichte der Technologien des Schreibens", in: Stefan Münker, Alexander Roesler (Hrsg.), *Mythos Internet*, Frankfurt am Main, 1997, 37-55쪽 참조. 인용문은 42쪽.

26 Heiko Idensen, "Die Poesie soll von allen gemacht werden! Von literarischen Hypertexten zu virtuellen Schreibräumen der

Netzwerkkultur", in: D. Matejovski, F. Kittler (Hrsg.), *Literatur im Informationszeitalter*, Frankfurt am Main/New York, 1996, 143-184쪽 참조. 인용문은 145쪽.

27 Roland Barthes, *Die Lust am Text*, Frankfurt am Main, 1996, 53쪽 이하.

28 Theodor Nelson, *Literary Machines* (Pa.: self-published, 1981), 0/2.

29 '스토리스페이스'는 본문 텍스트 상단에 또하나의 창을 열어 링크를 제공하는 형태였으며, 바로 이 프로그램으로 최초의 하이퍼픽션 『오후, 이야기』 (1987)가 제작되었다.

30 Michael Naumann, "Schöner als Parfüm. Kultur-Staatsminister Michael Naumann über die Zukunft des Buches", in: *Spiegel Spezial: Vom Buch zum Internet. Die Zukunft des Lesens*, Nr. 10 (Okt. 1999), 31-34쪽 참조. 인용문은 34쪽.

31 정과리, 「자발성의 신화에 담긴 문화」, 『문화예술』, 2002년 2월호 참조.

32 Peter Matussek, "Hypomnemata und Hypermedia. Erinnerung im Medienwechsel: die platonische Dialogtechnik und ihre digitalen Amplifikationen", in: *Medien des Gedächtnisses. Sonderband der Deutschen Vierteljahrsschrift für Literaturwissenschaft und Geistesgeschichte (DVjs)*, 72. Jahrgang 1998, 264-278쪽 참조. 인용문은 277쪽.

33 『23시 40분. 기억23:40. Das Gedächtnis』은 1997년부터 시작되었으며, 2016년 현재 '시즌 2Phase II'가 제공되고 있다. http://www.dreiundzwanzigvierzig.de.

34 1분마다 다음 텍스트로 넘어가기 때문에 그 시각에 해당하는 텍스트를 1분 안에 다 읽지 못했을 경우, (물론 그만큼 흥미로워야 하겠지만) 그 텍스트를 더 읽을 수 있는 유일한 방법은, 꼬박 하루를 기다려 다시 그 시각에 접속하는 길뿐이다. 텍스트가 아주 길 경우 이러한 독서는 하루 이상 계속될 수 있었다.

35 기획자가 선정한 텍스트를 볼 수 있는 것은 '시즌 1'이며, 여기에는 1440분 중 902분에 해당하는 텍스트가 존재한다. 흥미롭게도 지금 서비스되는 '시

즌 2'에서는 투고와 선정 없이 실시간으로 텍스트가 채워지도록 설정을 바꾸었다. 디지털 문학이 계속 변화하는 모습을 확인할 수 있다.

36 http://www.assoziations-blaster.de. 누구나 참여 가능하며, 독일어와 영어 두 가지 버전이 있다.

37 적극적인 상호작용이나 주도적인 행동을 중시하는 '수행성Performance'은 연극학에서 출발하여, 우리 사회의 각 영역에서 일어나는 다양한 현상을 보다 분명하게 설명해줄 수 있는 개념으로 최근 각광받고 있다. L. Musner, U. Heidemarie, "Einleitung", in: *Wie wir uns aufführen. Performanz als Thema der Kulturwissenschaften*, Wien, 2006, 7-14쪽, 특히 8-9쪽. 한국어판은 루츠 무스너, 『문화학과 퍼포먼스: 우리는 어떻게 행동하는가』, 문화학연구회 옮김(유로서적, 2009).

38 Inke Arns, *Netzkulturen*, Hamburg, 2002, 34쪽 참조. 이러한 믿음이 1990년대 후반 현실화된 디지털 네트워크에 대한 반성과 함께 사라졌다가, 다시 2010년 초반 소셜 네트워크 시스템이 불러일으킨 유행과 함께 부활한 것은 매우 흥미로운 현상이다.

39 디지털digital과 리터라티literati의 합성어로, 국내에서도 영미권의 영향을 받아 한때 학문적 유행어로 회자되었다.

40 Manfred Kammer, "Von 'Kartoffeln', Exhibitionisten und Pfadfindern. Zu Nutzertypen der Neuen Medien", in: Schaze, Kreuzer (Hrsg.), Bausteine IV. *Beiträge zur Ästhetik, Pragmatik und Geschichte der Bildschirmmedien*, Siegen, 1997, 93-102쪽 참조.

41 "스스로에게 물어보라. 당신은 정말 유럽 축구 리그전을 시청할 때 스스로 서로 다른 카메라의 위치를 고르고 싶은가? 또 멜로 영화를 볼 때 해피엔딩일지 비극으로 끝날지 스스로 정하고 싶은가? 서비스와 편리성은 전혀 다른 것을 요구한다. 나는 서비스를 편하게 제공받고 싶을 뿐, 선택에 대한 강요로 고통받고 싶지는 않다." 노르베르트 볼츠, 『보이지 않는 것의 경제』, 유현주 옮김(문학동네, 2009), 66쪽.

42 Michel Chaouli, "Kommunikation und Fiktion. Über das Schreiben und Lesen von Literatur im Internet", in: *Weimarer Beiträge*, 1/2003 (49.

Jahrgang), 11쪽.

43 이 글에서는 '(상호)수동성(Inter-)Passivität'을 상호작용성의 안티테제가 아니라, 그 한 부분으로 편입시켜 작동적 상호작용성이 가진 단점을 보완하고 개념적 확장을 시도하고자 한다. 상호수동성의 개념에 대해서는 다음 참조. Slavoj Žižek, *Liebe deinen Nächsten? Nein, danke! Die Sackgasse des Sozialen in der Postmoderne*, Berlin, 1999, 특히 214-226쪽 및 Robert Pfaller (Hrsg.), *Interpassivität. Studien über delegiertes Genießen*, Wien, 2000.

44 상호작용성 개념의 상세한 발달사에 대해서는 Jörg Pflüger, "Konversation, Manipulation, Delegation: Zur Ideengeschichte der Interaktivität", in: H. D. Hellige (Hrsg.) *Geschichten der Informatik: Visionen, Paradigmen, Leitmotive*, Berlin/Heidelberg, 2004, 367-408쪽 참조.

45 이 때문에 컴퓨터의 발달 과정 자체가 상호작용 개념의 발달사라고도 할 수 있으며, 각 단계마다 하이퍼텍스트 시스템의 발전에 중요한 발명과 개념의 확장이 일어났기 때문에 하이퍼텍스트도 상호작용성 발전의 한 부분이라고 볼 수 있다.

46 Norbert Wiener, *Mensch und Menschmaschine*, Frankfurt am Main/Berlin, 1952, 150쪽.

47 Joseph C. R. Licklider, "Man-Computer-Symbiosis", in: *IRE Transactions on Human Factors in Electronic*, HFE-1 (March 1960), 4-11쪽 참조.

48 스케치패드와 마우스는 지금의 인터넷을 가능하게 한 주역이기도 했다. 이 두 가지 발명은 엥겔바트가 NLSoN Line System라고 명명한 시스템을 개발하는 기반이 되었는데, NLS는 그래픽 기반의 사용자 환경을 바탕으로 하이퍼텍스트를 통한 문서 연결 기능, 네트워크를 통한 온라인 회의 등을 지원했다. 이 NLS를 바탕으로 오늘날 인터넷의 전신인 아르파넷이 탄생했다.

49 Douglas Engelbart, "A Conceptual Framework for Augmenting Man's Intellect", in: P. W. Howerton, D. C. Weeks (Hrsg.), *Vistas in Information Handling*, Washington D. C., 1963, 1-29쪽. http://www.

dougengelbart.org.

50 Ben Schneiderman, "The Future of Interactive Systems and the Emergence of Direct Manipulation", in: *Behaviour and Information Technology*, Vol.1/No.3 (1982), 237-256쪽 참조. 인용문은 251쪽.

51 Brenda Laurel, "Interface Agents: Metaphors with Character", in: *The Art of Human-Computer Interface Design*, New York, 1990, 355-366쪽 참조.

52 노르베르트 볼츠, 같은 책, 179-180쪽.

53 같은 곳. 138-140쪽도 참조.

54 Köhler/Krause, "WG-Gespräche", http://interstory.rrz.uni-hamburg.de 참조.(1998년부터는 더이상 찾아볼 수 없다.) 여기에서는 다음에서 재인용했다. Beat Suter, "Hyperfiction: ein neues Genre", in: *Der Deutschunterricht*, Heft 2/2001, 9쪽.

55 같은 곳.

56 J. Pflüger, 같은 글 참조.

57 http://www.grammatron.com.

58 http://berkenheger.netzliteratur.net/ouargla/wargla/zeit.htm.

59 http://www.xcult.org/nord/index_de.html.

60 Roberto Simanowski, *Interfictions. Vom Schreiben im Netz*, Frankfurt am Main, 2002, 18쪽 이하 참조. 지마노프스키는 장면화를 상호작용성과 나란히 디지털 매체가 가진 특성 중 하나로 분류하고 있다. 그렇지만 지마노프스키 스스로가 탁월하게 정의했듯이 장면화는 "수용행위에 좌우되는" 퍼포먼스를 위해 프로그래밍된 것이기 때문에 독자와 텍스트의 상호협력이라는 상호작용성의 카테고리 안에 들어가는 것이 더 적합하다.

61 이 작품은 시디롬의 형태로 스위스 update 출판사에서 판매되고 있다. S. Berkenheger, *Hilfe!-Ein Hypertext aus vier Kehlen*, Zürich, 2000. 인터넷 테스트 버전: http://berkenheger.netzliteratur.net/ouargla.

62 디지털 문학 전문 출판사인 update의 홈페이지에 나와 있는 책 소개 참조. http://www.cyberfiction.ch/hilfe.html.

63 Susanne Berkenheger, "Der mausgesteuerte Autor oder die Entstehungsgeschichte von 'Hilfe!'", http://cyberfiction.ch/beluga/digital/99/berkenheger.htm 참조.

64 http://www.hirnpoma.de/trashical

65 다음 글들 참조. Florian Rötzer, "Interaktion: das Ende herkömmlicher Massenmedien", in: Stefan Bollmann (Hrsg.), *Kursbuch Neue Medien. Trends in Wirtschaft und Politik, Wissenschaft und Kultur*, Hamburg, 1995, 73-77쪽; Marie-Laure Ryan, *Narrative as Virtual Reality. Immersion and Interactivity in Literature and Electronic Media*, Baltimore, 2001, 258-270쪽. 몰입 현상은 수용자가 다른 세계의 입구와 출구를 인지하는 한 미적 체험이 되지만, 수용자가 이를 더이상 인지하지 못할 때 가상세계 속에 완전히 침잠하는 부작용을 낳는다. 예를 들면 온라인 롤플레잉 게임에 완전히 몰입하여 게임의 세계와 현실을 구분하지 못하는 경우를 들 수 있다.

66 노르베르트 볼츠, 같은 책, 154-158쪽 및 Friedrich A. Kittler, *Grammophon Film Typewriter*, Berlin, 1986, 5쪽 참조.

67 아날로그 매체에서 예술작품의 내부와 외부에 존재하는 '빈 공간'은 예술적 여백으로 이중적 의미에서 미학적 기능을 수행했다. 첫번째는 의미론적 빈자리로 (상호텍스트성의 영역에서) 수용자 스스로가 의미를 생성할 수 있는 공간이 되어왔으며, 다른 한편으로는 매체의 균열을 드러내어 (상호매체성의 영역에서) 매체 간 차이를 인지하고 이를 수용자가 다시 능동적으로 결합시킬 수 있는 공간으로 기능했다.

68 http://www.literatursuche.de/lwl. 이 작품은 T-Online과 dtv 출판사에서 주최한 '디지털 문학 2003'에서 3위로 입상했다.

69 작가의 작품 소개 참조. "Die Lesbarkeit der Weltliteratur dynamisiert Zitate und bringt Bücher miteinander in Berührung. Ein wachsendes Internetprojekt." http://www.blackink.de/literatur/texte.

70 이러한 전략은 처음부터 상호작용의 가능성을 극단적으로 제한하는 형식으로 나타나기도 한다. 예를 들면, 키네마틱 플래시 디지털 포엠으로 주목받는

장영혜중공업은 상호작용성을 처음부터 아예 제공하지 않는 것으로 유명하다. 다음의 인터뷰 참조. Hyun-Joo Yoo, "Intercultural medium literature digital. Interview with YOUNG-HAE CHANG HEAVY INDUSTRIES", in: *dichtung-digital*, Ausgabe 2/2005, http://www.dichtung-digital.org/2005/2-Yoo-engl.htm.

71 작가의 작품 소개 참조. http://www.blackink.de/literatur/links.

72 http://www.auto-illustrator.com.

73 Christiane Heibach, *Literatur im elektronischen Raum*, Frankfurt am Main, 2003, 253쪽.

74 같은 곳 이하.

75 이에 대해서는 Jean Baudrillard, "Videowelt und fraktales Subjekt", in: ars electronica (Hrsg.), *Philosophien der neuen Technologie*, Berlin, 1989, 131쪽.

76 정과리, 『문명의 배꼽』(문학과지성사, 1998), 118-119쪽 참조.

77 Friedrich A. Kittler, "Protected Mode", in: N. Bolz, F. A. Kittler, G. Ch. Tholen, (Hrsg.), *Computer als Medium*, München, 1994, 209-220쪽.

78 문학의 이탈 행위에 대해서는 Erhard Schütz, Vorlesungsmanuskript: Literatur und Technik, Humboldt Universität zu Berlin(2001년 여름학기) 참조.

79 이에 대해서는 Friedrich W. Block, "Ekstasen der Autorschaft. Friedrich W. Block über Literatur im digitalen Zeitalter", in: *Scheinschlag*, 2004년 2월 및 Jörg Wittkewitz, "Sind Computerviren Teil der Netzliteratur?", in: *Telepolis*, 2000년 11월 2일 참조.

80 http://oss.jodi.org.(페이지를 실행시켜도 아마도 당신의 MS브라우저가 이 프로그램의 작동을 막을 것이다.)

81 http://ctrl-space.jodi.org.(마찬가지로 그동안 '진일보한' 소프트웨어 에이전트가 이 프로그램의 실행을 막는다.)

82 http://berkenheger.netzliteratur.net/ouargla/websprudel/eingang.htm.

83 Susanne Berkenheger, "Die Illusion der Allmacht", in: *Frankfurter Allgemeine Sonntagszeitung*, 23. Juni. 2002.

84 Jaromil, ":(){ :|:& };:". in: *Der Katalog zur Ausstellung 〈I love you: computer_viren_hacker_kultur〉*.

85 실제로 18세기 초 독일인 대부분은 읽을 줄도 쓸 줄도 몰랐지만, 19세기 초에는 약 25%의 인구가 독서를 할 수 있었고, 19세기 후반에 이르러서는 독일어권 지역의 문맹률은 10% 이하로 떨어졌다. 볼프강 보이틴, 『독일문학사: 사회학적 관점에서 본 문학적 술화』, 허창운 외 옮김(삼영사, 1991), 183쪽 참조.

86 독일어로 직역하면 'Blättchen', 즉 '종이쪽지'나 '얇은 종이로 된 인쇄물'을 의미한다. 이는 문예란이 처음 등장할 당시 신문지면에 줄을 그어 위쪽에 실린 시사적인 내용의 기사와 분리되도록 했기 때문이다. 따라서 신문 하단에 실린 문예란의 글들은 이 줄을 따라 잘라낼 수 있었으며, 독자들은 이 방식으로 좋아하는 연재소설을 신문에서 분철하여 인쇄물 묶음의 형태로 보관할 수 있었다.

87 Rudolf Stöber, *Deutsche Pressegeschichte*, Konstanz, 2005 참조.

88 현재 네트워크상의 문예란들이 인쇄매체와 동일한 기존 포맷을 유지한다는 점은 한편으로는 전통적인 문예란이 지닌 독자친화성과 고유의 독창성을 표현하는 것이기도 하다. 매체학자인 노르베르트 볼츠에 따르면, 독자들은 새로운 매체에 적응하기 위해 친숙한 옛 매체의 형식을 필요로 하며, 이 때문에 종이 신문은 디지털 시대에도 밝은 미래를 가진다. 노르베르트 볼츠, 같은 책, 107-111쪽 참조.

89 http://web.archive.org/web/20030618064927/http://www.dumontverlag.de/null/index.htm.

90 Thomas Hettche, "Unsere Synapsen sind die besseren Hyperlinks", in: NULL, Köln, 2000, 9쪽.

91 이 프로젝트는 2000년에 다음과 같이 인쇄물의 형태로 출판되었다. Thomas Hettche, Jana Hensel (Hrsg.), NULL, Köln, 2000.

92 다음 참조. Frank Fischer, "Überflüssig wie ein Kropf. Im

Internet schreiben—als Buch veröffentlichen: Die Betreiber der Internetplattform 'pool' haben es versucht—und sind gescheitert, in: *Morgenwelt*, 2001년 8월 13일.

93 이에 대해서는 Kai Kauffmann, Erhard Schütz (Hrsg.), *Die lange Geschichte der Kleinen Form. Beiträge zur Feuilletonforschung*, Berlin, 2000 참조. 문예란 연재소설의 이러한 기법은 현대 드라마의 전형에도 영향을 미쳤다.

94 Roberto Simanowski, "Poeten-Pinnwand digital. NULL: Thomas Hettches Netz-Projekt als Buch", in: *dichtung-digital*, 2000년 9월 30일.

95 Gundolf S. Freyermuth, 같은 글.

96 Robert Coover, "Goldene Zeitalter. Vergangenheit und Zukunft des literarischen Wortes in den digitalen Medien", in: *Text+Kritik. Digitale Literatur*, Heft 152 (X/01), 22-30쪽.

97 J. D. Bolter, *Writing Space. the Computer, Hypertext, and the History of Writing*, Hilsday/Hove/London, 1991, 145쪽 참조.

98 디지털 포엠을 중심으로 한 디지털 문학 전시회인 〈포에시스[p0es1s]〉(알파벳 o와 i를 각각 디지털 부호인 0과 1로 치환했다)는 2004년 2월 13일부터 4월 4일까지 베를린 쿨투어포룸에서 열렸다.

99 Thomas Wohlfahrt, "Vorwort", in: *p0es1s. Ausstellungsführer*, Berlin, 2004, 000001쪽.(이 책의 페이지는 이진법의 수로 표시되었다.)

100 Friedrich W. Block, "Website: Zum Ort digitaler Literatur im Netz der Literaturen", in: *Text+Kritik. Digitale Literatur*, Heft 152 (X/01), 101쪽 이하 참조.

101 Friedrich W. Block, Sabine Flach, Karin Wenz, *Intermedialität: Der Computer als Medium der Medienintegration*, Forschungsbericht an der Universität Kassel, 1999 참조. http://www.dichtung-digital.de/Praxis/Forschung/Intermedialitaet_Volltext.htm. "디지털 포엠은 상호매체적 유희형식으로 플럭서스, 개념예술, 새로운 시의 전통에 맞닿아 있으며 문학을 상호작용적 매체예술로 확장시킨다."

102 Jeremy Adler, Ulrich Ernst, *Text als Figur. Visuelle Poesie von der Antike bis zur Moderne*, Weinheim, 1987 참조.

103 같은 책, 233쪽.

104 같은 곳.

105 Martin Heidegger, "Parmenides (Freiburger Vorlesung Wintersemester 1942/43)", in: *Gesamtausgabe* Bd. 54 (Hrsg. v. Frings, Manfred S.), Frankfurt am Main, 1982, 119쪽 참조. "현대의 인간이 타자기로 글을 쓰는 것은 우연한 일이 아니다."

106 Walter Benjamin, "Einbahnstrasse", in: *Gesammelte Schriften IV-1*, R. Tiedemann, H. Schweppenhäuser (Hrsg.), Frankfurt am Main, 1991, 105쪽.

107 이에 대해서는 Jeremy Adler, Ulrich Ernst, 같은 책, 245쪽 이하 참조.

108 Karl Stierle, "Das bequeme Verhältnis. Lessings Laokoon und die Entdeckung des ästhetischen Mediums", in: Gunter Gebauer (Hrsg.), *Laokoon-Projekt. Pläne einer semiotischen Ästhetik*. Stuttgart, 1984, 50쪽 참조.

109 Arno Holz, *Revolution der Lylik*, Berlin, 1899, 62쪽 이하. 여기서는 다음에서 재인용했다. Jeremy Adler, Ulrich Ernst, 같은 책, 232쪽. "Unsre Welt ist nicht mehr klassisch, / Unsre Welt ist nicht romantisch, / Unsre Welt ist nur modern."

110 Karl Stierle, 같은 글, 23쪽.

111 Eugen Gomringer, "vom vers zur konstellation. zweck und form einer neuen dichtung", in: H. Heißenbüttel (Hrsg.), Eugen Gomringer, *Worte sind schatten. die konstellationen 1951–1968*, Reinbeck bei Hamburg, 1969, 279쪽.

112 Siegfried J. Schmidt, "Konkrete Poesie. Ergebnisse und Perspektiven", in: *Wort und Wahrheit. Zeitschrift für Religion und Kultur*, Heft 4 (Juli/August 1969), 325쪽 참조.

113 같은 글, 330쪽.

114 매체성은 매체의 형식적인 면을 뜻하며, 특히 이 글에서는 매체학자인 키틀러가 내린 매체의 정의에 따라 정보의 "저장과 처리, 전송과 재현방식 Speicherung, Verarbeitung, Übertragung und Repräsentationsweise"을 의미한다.

115 바로 이러한 보이지 않는 매체를 인지하여 수용자의 성찰을 이끌어내는 것이 상호매체성의 목표이기도 하며, 이는 다시 브레히트적인 낯설게 하기 효과Verfremdungseffekt나 야우스의 심미적 거리ästhetische Distanz 개념과도 연결된다.

116 Georg Ch. Tholen, "Vorlesungsmanuskript: Medientheorie und -geschichte (II)", 2001년 10월 30일. http://www.mewi.unibas.ch/lehre/tho_vor_text_30_10.html.(현재 더이상 서비스되지 않는다.)

117 같은 곳.

118 Helmut Heißenbüttel, "Vortrag über: was alles Platz hat im Gedicht", in: *Was ist das Konkrete an einem Gedicht? Zwei Ansätze*, Itzehoe-Münsterdorf, 1969, 45쪽; Klaus P. Dencker, "Von der Konkreten zur Visuellen Poesie: mit einem Blick in die elektronische Zukunft", in: *Text+Kritik. Visuelle Poesie, Sonderband (IX/97)*, 173쪽.

119 Franz Mon, "Texte in den Zwischenräumen", in: *Essays. Gesammelte Texte 1*. Berlin, 1994, 77쪽.

120 Eugen Gomringer, "das schwarze geheimnis", in: *Worte sind Schatten die konstellationen 1951-1968*, 29쪽.

121 Siegfried J. Schmidt, "Konkrete Dichtung: Theorie und Konstitution", in: *Poetica*, Vol. 4/Nr. 1,, 21쪽.

122 Christiane Heibach, *Literatur im elektronischen Raum*. Frankfurt am Main, 2003, 95쪽.

123 Nicolas Pethes, "Intermedialitätsphilologie? Lichtenbergs Textmodell und der implizite Mediendiskurs der Literatur", in: *DVjs*, 2002년 1월, 102쪽 참조.

124 같은 글, 87쪽 참조. 또한 Helmut Schanze, "Geschriebene Bilder", in: K. Hickethier, S. Zielinski (Hrsg.), *Medien/Kultur. Schnittstellen*

zwischen Medienwissenschaft, Medienpraxis und gesellschaftlicher Kommunikation, Berlin, 1991, 282쪽.

125 대표적인 것이 영화를 텍스트처럼 읽어내려는 시도이며, 이러한 작업은 무엇보다 이미지를 텍스트로 완전히 환원할 수는 없다는 비판을 받고 있다. 이에 대해서는 Werner Köster, "Schockierende Bilder. Gegen die Texttheorie des Films", in: U. Link-Heer, V. Roloff (Hrsg.), *Luis Buñuel. Film-Literatur-Intermedialität*. Darmstadt, 1994, 66-82쪽. 이것은 영화가 가진 텍스트성만을 읽어내고 매체성을 읽지 않은 경우라고 볼 수 있다.

126 이에 대해서는 Friedrich W. Block, "Website: Zum Ort digitaler Literatur im Netz der Literaturen", 101쪽 이하 참조. 지마노프스키는 디지털 포엠의 형식으로 구체시가 디지털 공간에서 계속 존속한다고 보고 있다. Roberto Simanowski, "Autorschaften in digitalen Medien. Eine Einleitung", in: *Text+Kritik. Digitale Literatur*, Heft 152 (X/01), 17쪽.

127 모던의 시작으로서의 매체성의 발견과 디지털 컨버팅 시대의 매체성의 소멸은 예술 개념의 변화에도 영향을 미쳤다. 이에 대해서는 Hyun-Joo Yoo, *Text, Hypertext, Hypermedia. Ästhetische Möglichkeiten der digitalen Literatur mittels Intertextualität, Interaktivität und Intermdedialität*, Würzburg, 2007, 175-189쪽.

128 'Yatoo'는 영어 "You Are The Only One"의 줄임말이다. 이 작품은 지마노프스키가 편저자로 발행한 『리터라투어.디기탈: 새로운 문학의 형식과 방법들*Literatur.digital. Formen und Wege einer neuen Literatur*』의 시디롬 부록에 수록되었다.

129 지마노프스키에 따르면 모두 결합되어 정리된 시구는 다음과 같다. "You are the only one / You ain't got no fear / You can't solve my problems / You will come with me / We will survive this moment / I love you so much / I won't leave you alone / I will suffer from you / I want you to escape / I feel close to you." Roberto Simanowski, "Zeitgenossen: 'Yatoo'. Audio-visueller Hypertext als Rollover-

Lovepoem", in: *dichtung-digital*, 2002년 1월 21일. http://www.dichtung-digital.org/2002/01/21-Simanowski.

130 http://auer.netzliteratur.net/worm/applepie.htm

131 Hyun-Joo Yoo, "Intercultural medium literature digital. Interview with YOUNG- HAE CHANG HEAVY INDUSTRIES", in: *dichtung-digital*, 2005년 2월 참조. http://www.dichtung-digital.org/2005/2-Yoo-engl.htm.

132 대표적으로는 「예술가 선언 N0. 45,730,944: 완벽한 예술적 웹 사이트 ARTIST'S STATEMENT N0. 45,730,944: THE PERFECT ARTISTIC WEBSITE」 같은 작품을 보라. http://www.yhchang.com.

133 W. J. Thomas Mitchell, "Der pictorial Turn", in: Ch. Kravagna (Hrsg.), *Privileg Blick. Kritik der visuellen Kultur*, Berlin, 1997, 15-40쪽 참조. 미첼에게 이 용어는 지식을 전달하는 주도매체의 전환이라는 의미로 사용되었다.

134 Tobias Hager, "(T)Räume Online", in: *iX*, 2000년 5월, 180쪽. Marie-Laure Ryan, *Narrative as Virtual Reality. Immersion and Interactivity in Literature and Electronic Media*, Baltimore, 2001, 266쪽도 참조.

135 가상 개념에 대한 철학적 모델 부분은 다음 글을 주로 참조했다. Wolfgang Welsch, "〈Wirklich〉. Bedeutungsvarianten—Modelle—Wirklichkeit und Virtualität", in: Sybille Krämer (Hrsg.), *Medien, Computer, Realität. Wirklichkeitsvorstellungen und Neue Medien*, Frankfurt am Main, 1998.

136 같은 글, 186쪽.

137 같은 글, 186-190쪽 참조.

138 같은 글, 196쪽.

139 같은 곳.

140 같은 글, 197쪽.

141 같은 글, 193쪽 참조.

142 같은 글, 194쪽.

143 '하이퍼필름'이라는 장르는 하이퍼텍스트 이론가인 볼터가 최초로 제안했다. Jay D. Bolter, "Die neue visuelle Kultur. Vom Hypertext zum Hyperfilm", in: Stefan Bollmann (Hrsg.), *Kursbuch Neue Medien. Trends in Wirtschaft und Politik, Wissenschaft und Kultur*, Hamburg, 1995 참조.

144 같은 글, 368쪽 참조.

145 Walter Benjamin, "Das Kunstwerk im Zeitalter seiner technischen Reproduzierbarkeit (Dritte Fassung)", in: *Gesammelte Schriften I-2*. (R. Tiedemann, H. Schweppenhäuser Hrsg.) Frankfurt am Main, 1991, 466쪽.

146 Thomas Wägenbaur, "'Schreiben wie Film'. Joyce, Döblin und die Anfänge interaktiver Literatur im Hypertext", in: M. Heilmann, Th. Wägenbaur (Hrsg.), *Macht Text Geschichte. Lektüren am Rande der Akademie*, Würzburg, 1997, 133쪽.

147 Florian Rötzer, "Interaktion—das Ende herkömmlicher Massenmedien", in: Stefan Bollmann (Hrsg.), *Kursbuch Neue Medien. Trends in Wirtschaft und Politik, Wissenschaft und Kultur*, Hamburg, 1995, 73-77쪽 참조.

148 가장 단적인 예로 온라인 머드게임에서 더이상 가상세계의 입구(로그인)와 출구(로그아웃)를 찾지 못하고, 현실과 게임 속 현실을 구분하지 못하는 경우를 들 수 있다.

149 이에 대해서는 Jacques Lacan, *Die vier Grundbegriffe der Psychoanalyse. Das Seminar von J. Lacan (Buch XI)*, Olten-Freiburg, 1978, 82쪽 이하 참조.

150 키틀러는 이러한 헬름홀츠의 발견을 "인간의 인지라는 정보의 흐름이 최초로 수학공식으로 환원될 수 있는" 길을 열었다고 평가한다. Friedirich A. Kittler, "Farben und/oder Maschinen denken", in: Eckhard Hammel (Hrsg.), *Synthetische Welten. Kunst, Künstlichkeit und Kommunikationsmedien*, Essen, 1996, 121쪽.

151 이에 대해서는 Jean Baudrillard, *Simulacres et Simulation*, Éditions Galilée, Paris, 1981 참조.

152 Norbert Bolz, *Eine kurze Geschichte des Scheins*, München, 1992, 111쪽. 실제와 가상, 혹은 꿈이 지닌 경계의 모호함과 두 세계의 갑작스러운 뒤바뀜은 현대 영화에서 흔히 찾아볼 수 있는 클리셰가 되었다. 〈블레이드 러너〉(1982)와 〈토탈 리콜〉(1990), 〈다크 시티〉(1998), 〈포가튼〉(2004)의 세계에서는 타자로부터 주입된 가상기억이 문제가 된다면, 〈13층〉(1999), 〈엑시스텐즈〉(1999), 〈매트릭스〉(1999-2003), 〈바닐라 스카이〉(2002), 〈인셉션〉(2010)에서는 주인공이 살고 있는 현실이 어느 날 컴퓨터로 시뮬레이션된 가상현실의 세계 혹은 타자에 의해 조작 가능한 꿈의 세계로 판명된다.

153 Jean Baudrillard, "Der Hyperrealismus der Simulation", in: *Der symbolische Tausch und der Tod*, München, 1982, 112-119쪽 참조.

154 Paul Milgram, Fumio Kishino, "a taxonomy of mixed reality visual displays", in: *IEICE Transactions on Information Systems*, Vol. E77-D/No.12 (December 1994).

155 증강현실의 문제점은, 아직 디스플레이를 통해서만 가상의 객체를 볼 수 있기 때문에, '진짜' 현실을 보지 않고 매체의 화면을 통해서만 현실을 보고자 한다는 점이다. 현재 가장 대중적인 증강현실 게임 서비스 '포켓몬 고'가 받고 있는 대부분의 비판은 여기에서 기인한다.

156 여기서 서사극 이론과 맥을 같이하는 브레히트의 '몽타주 기법'과도 유사성을 찾아볼 수 있다. 브레히트가 제안한 영화에서의 몽타주 기법은 매끈한 연결이 아니라 "봉합선을 뚜렷이 드러나게" 하는 특징을 가지고 있는데, 이는 연출된 영상이 연출가의 해석의 산물임을 관객이 알아차리고 비판적으로 개입할 수 있게 하는 계기로 작동한다. 오제명, 「기술매체의 미학적 활용을 위한 시도—베르톨트 브레히트의 영화 이론과 실천」, 『브레히트와 현대연극』, 제7권, 1999, 44쪽 참조.

157 http://www.camilleutterback.com/textrain.html. 전시장의 모습을 퀵타임Quicktime 다큐멘터리 프로그램으로 보여준다.

158 Unterback/Achituv: Artist Statement, http://www.camilleutterback.com/textrain.html

159 이에 대해서는 Michel Foucault, "Andere Räume", in: K. Barck, P. Gente, H. Paris, S. Richter (Hrsg.), *Aisthesis. Wahrnehmung heute oder Perspektiven einer anderen Ästhetik*. Leipzig, 1998, 34-46쪽, 특히 39쪽 참조.

160 독일 하이퍼픽션의 스타 작가인 수자네 베르켄헤거의 2013년 인터뷰 제목은 "하이퍼텍스트는 죽었다!"였다. 다음을 참조하라. Ann-Kathrin Lorenz, "Der Hypertext ist tot! Ein Interview mit der Internet-Literatin Susanne Berkenheger", in: *Literaturkritik.de*, Nr. 4, April 2013.

161 2010년 8월 『와이어드』 지는 격렬한 논쟁을 불러일으키며 '웹은 죽었다 The Web is dead'를 특집으로 내세웠다.

162 대표적인 작품은 단연 2001년도에 나온 『디지털 구보 2001』이다. 이 작품은 우리나라 최초의 하이퍼픽션이라는 의의를 가지고 있으나, 하이퍼픽션의 최대 미학적 도구인 '링크'를 효과적으로 활용하지 못했다는 점에서 많은 아쉬움을 남겼다.

163 물론 '장영혜중공업'처럼 세계를 무대로 활동하고 있는 넷 아티스트가 존재한다. '장영혜중공업'의 많은 작품은 한국어 버전으로도 감상할 수 있다. http://www.yhchang.com.

164 http://www.camilleutterback.com. 작품의 영상기록을 퀵타임 프로그램으로 감상할 수 있다.

위대한 순간 007

텍스트, 하이퍼텍스트, 하이퍼미디어
- 디지털 시대의 새로운 문예학

초판 인쇄 2017년 2월 10일
초판 발행 2017년 2월 17일

지은이 —— 유현주
펴낸이 —— 염현숙

책임편집 —— 김영옥
편　집 —— 정광준 송지선 허정은 고원효
디자인 —— 장원석
마케팅 —— 이연실 김도윤 양서연
홍　보 —— 김희숙 김상만 이천희
제　작 —— 강신은 김동욱 임현식
제작처 —— 한영문화사

펴낸곳 —— (주)문학동네
1993년 10월 22일 제406-2003-000045호
주소 10881 경기도 파주시 회동길 210
전자우편 editor@munhak.com
대표전화 031)955-8888　팩스 031)955-8855
문의전화 031)955-1933(마케팅), 031)955-1905(편집)
문학동네 카페 http://cafe.naver.com/mhdn

ISBN 978-89-546-4449-5 03800

* '위대한 순간'은 연세대학교 인문학연구원과 문학동네가 협력해 펴내는 인문교양 총서입니다.
* 이 저서는 2013학년도 연세대학교 학술연구비의 부분적인 지원에 의하여 이루어진 것입니다.

이 도서의 국립중앙도서관 출판예정도서목록(CIP)은 서지정보유통지원시스템 홈페이지(http://seoji.nl.go.kr)와 국가자료공동목록시스템(http://www.nl.go.kr/kolisnet)에서 이용하실 수 있습니다.
(CIP제어번호: CIP2017002394)

www.munhak.com